해
녀
의
딸,

달
리
다

# 해녀의 딸, 달리다

초판 1쇄 2022년 10월 20일
초판 2쇄 2023년  6월 20일


글쓴이 | 이현서
펴낸곳 | 도서출판 단비
펴낸이 | 김준연
편 집 | 김정민
등 록 | 2003년 3월 24일(제2012-000149호)
주 소 | 경기도 고양시 일산서구 고양대로 724-17, 304동 2503호(일산동, 산들마을)
전 화 | 02-322-0268
팩 스 | 02-322-0271
전자우편 | rainwelcome@hanmail.net

ISBN  979-11-6350-066-7    43810


값 12,000원

# 해녀의 딸, 달리다

이현서 장편소설

단비 danbi

차
례

"이 글은 사실을 바탕으로 한 픽션입니다."

# 하도리의 수상한 죽음

바다는 탐스럽게 오른 미역과 파래 떼로 푸릇했다. 하얀 수건으로 머리를 질끈 묶은 해인이 주변을 두리번거렸다. 다행히 주변에는 아무도 없었다. 토끼섬 옆에 작은 고깃배를 띄어놓고 물질하는 해녀들의 테왁만 동동 떠 있었다.

호이이, 호이이.

간간이 해녀들이 바닷속에서 나와 숨 쉬며 내뱉는 숨비소리가 청명한 하늘에 새소리처럼 맑게 울려 퍼졌다. 해녀들은 물질하기 바빠 주변을 신경 쓸 겨를이 없었다. 해인은 마음을 놓고 물에 들어갔다. 차가워서 몸이 부르르 떨렸지만, 곧 물 온도에 적응되었다. 언니 지인은 아기 해녀 중에도 가장 물질을 잘한다. 엄마를 닮은 것이다. 하지만 동생인 해인이는 물질은커녕 물속에서 코를 막고 숨

참는 것도 힘들었다. 열 살이 되면서 또래 친구들과 자연스레 멀어졌다. 어릴 때부터 같이 놀던 친구들은 모두 테왁, 망사리를 선물받아 물질을 시작했다.

"해인이 너도 테왁, 망사리 만들어 주겐? 그럼 혹시 안? 물에 둥둥 뜨고, 물질도 할 수 있을지……."

엄마는 그렇게 물어보았지만, 속 빈 보말처럼 알맹이가 없는 말이었다. 해인이 물을 싫어하는 걸 누구보다 잘 아는 사람이 바로 엄마다. 잘 말린 두렁박으로 언니 테왁만 만들어 준 것만 봐도 딱 알 수 있었다.

해인이는 허벅지까지 오는 바닷물에 얼굴이 잠길 때까지 쪼그리고 앉은 후, 오른손으로는 코를 쥐었다. 코를 막고 물속으로 들어가는 일은 늘 고역이었다. 언나나 친구들만큼은 아니어도 숨 참기가 늘어서 낮은 바당에서라도 자유롭게 헤엄을 치고 싶었다. 포로롱, 배에 가스가 찼는지 힘없는 방귀가 나왔다. 엉덩이 부분에 기포가 생기려다 말았다. 최대한 숨을 참아보겠다고 다짐했다. 열, 열하나, 열둘……, 꼭 열다섯이 고비이다.

하핫.

해인은 물 밖으로 나오며 숨을 토해냈다. 물속에서 숨을 쉬고도 물을 먹지 않으면 얼마나 좋을까. 물숨을 쉬면 그건 죽음에 가까워지는 것이다. 물숨을 쉬지 않고 참아야 잠수를 할 수 있고, 물질하는 해녀도 될 수 있다. 물에 한 번 들어가면 열다섯 번 정도 숨을

쉰다고 한다. 물속에서 코로 숨을 쉬면 물을 먹으니 가슴으로 쉰다
는데, 해인은 그 소리를 도대체 이해할 수 없었다.

"하필 제주 바닷가 비바리로 태어날 게 뭐람."

해인은 괜히 심술이 나서 손바닥으로 잔잔한 물 표면을 탁하고
쳤다. 물 알갱이가 얼굴까지 튀었다.

똑같은 제주여도 중산간 지역인 윗마을에 태어나면 여자라도 물
질을 하지 않아도 된다.

'바닷가에 태어나 물질을 하지 못한다면 커서 뭘 한다 마씸?'

해인은 절로 한숨이 나왔다. 앞날을 생각하면 깜깜한 어둠 속을
혼자 거니는 것처럼 암담했다. 마지막까지 희망을 걸어보기로 했다.
해인은 작정한 김에 조금 더 깊고 넓은 바다로 들어갔다. 그래봐야
허리까지 물이 닿는 높이였다. 눈을 질끈 감고 팔을 위로 쭉 폈다.
몸은 물에 떴지만, 팔다리가 따로 놀아 개 헤엄치는 수준이었다. 끝
은 늘 비슷했다. 숨을 참지 못해 꼭 물을 먹었다. 콧속이 시큰하고
귀가 먹먹했다. 해인은 가까스로 중심을 잡아 몸을 일으키려고 애
썼다.

그때였다. 왼쪽 등에 무언가 와 닿았다. 해초의 미끈함과는 다른
묵직하고 서늘한 기운이 감돌았다. 빨리 그곳을 피하고 싶은 두려
움과 무엇인지 확인하고 싶은 호기심이 팽팽하게 줄다리기했다. 잠
간이 한나절처럼 더디게 흘렀다. 결국 호기심이 두려움을 이겼다.
무서워서 실눈을 뜨고 고개를 돌렸는데, 검푸른 사람의 다리 같은

게 보였다. 머리카락이 몽땅 꼿꼿하게 서는 느낌이 들어 눈을 꼬옥 감았다. 몸이 떨리고 이가 딱딱 부딪쳤다. 그 소리는 마치 다른 사람의 몸에서 나는 것처럼 낯설었다.

'사, 사람인가? 죽은 사람? 혹시 우도댁?'

해녀인 우도댁이 며칠째 실종된 상태였다. 어지럽고 몸이 빳빳하게 굳었다. 빨리 물속에서 벗어나야 한다는 생각뿐이었다. 소리를 지르고 싶었지만, 입술이 쇠붙이처럼 무거웠다. 허둥대다 발을 헛디뎠다. 마치 깊은 바다에 빠진 것처럼 아득했다. 바다는 늘 사정을 봐주지 않는다. 코와 입으로 물이 마구 들어갔다. 코가 시큰하고 어지러웠지만, 가까스로 갯바위 쪽으로 걸어 나갔다. 울퉁불퉁한 검은 돌을 밟자 그제야 정신이 들고 앞이 보였다. 하지만 바다 쪽을 쳐다볼 용기는 나지 않았다. 조금 전에 먹은 물이 시체에 닿았다는 생각이 들자 헛구역질이 났다.

우웩.

"얘 꼬맹이, 너 지인이 동생 맞지? 속이 안 좋으냐? 무슨 일 있어?"

뜻하지 않은 기척에 놀라 돌아보았다. 만나면 재수 옴 붙는다는 오재수가 팔자걸음으로 걸어오고 있었다. 위로 쭉 찢어진 눈꼬리에 귀 옆으로 삐쭉 삐죽 튀어나온 곱슬머리가 그를 더욱 고집스러워 보이게 했다. 해녀들이 힘들게 물질해서 수확한 해산물을 일본인들에게 싼값에 넘기는 데 도움을 주고 뒷돈을 받는다는 소문이 자자

했다. 말뚱보다도 못한 오재수가 도움이 될 수 있을까? 하지만 말뚱
소뚱 가릴 처지가 아니었다.

"저기 해변에 뭐가 있수다."

해변을 가리키는 손가락이 조금 떨렸다. 무서워서 참았던 눈물까
지 찔끔찔끔 나왔다. 오재수는 해인이 가리키는 곳을 보더니 못 볼
것을 본 사람처럼 허둥댔다.

"그래? 뭐가 떠내려왔나? 내가 가볼 테니 넌 빨리 집에 가 있어
라. 어멍 걱정하셔. 너 혹시 가는 길에 야마다 형사 만나면 급히 이
곳으로 오라고 해. 너 야마다 형사가 누군지는 알지?"

오재수도 평소의 그답지 않게 허둥댔다.

마침 토끼섬 근처에서 물질하던 해녀들 무리가 나타났다. 바람이
불어 파도가 제법 높아졌기 때문에 일찍 물질을 접고 파하는 길이
었다.

"저기 해인이 아니야? 오늘 또 혼자서 숨 참기 연습했?"

순애가 지인의 어깨를 툭 치며 물었다. 해인은 지인을 보자마자
긴장이 풀렸는지 꾹꾹 눌러 참고 있던 눈물이 터졌다. 지인은 그런
해인을 말없이 꼭 안아주었다. 오재수가 물 밖으로 시체를 꺼내놓
고 있었다.

"거기 구경들만 하지 말고 남자들 좀 불러와요. 아무래도 옮기려
면 남자들이 필요할 테니……."

해녀들은 오재수를 늘 못마땅하게 여겼고 그를 믿지 않았지만,

이번에는 달랐다. 그의 말이 떨어지기 무섭게 두 명이 동네 남자들을 부르러 급히 뛰어갔다. 남아있는 해녀들은 발만 동동거리고 차마 시체 가까이 갈 생각을 하지 못했는데, 호기심 많은 순애가 갯바위 근처까지 내려갔다. 순애가 멈춰 서자 모두 숨죽이며 반응을 살폈다.

"빨간 댕기를 보니 우도댁이 맞다게."

그 말에 누군가 흐윽 소리를 내며 울었다. 그게 신호탄이라도 되듯 여기저기서 훌쩍였다. 해인이는 지인이를 더 꼭 껴안았다. 하지만 놀란 마음은 좀처럼 진정되지 않았다. 오재수는 해녀들과 있기 거북한지 시체를 그대로 두라고 당부하고 마을로 갔다. 해인이는 그가 좀 전에 찾던 야마다를 데리러 갔을 거라 짐작했다. 오재수가 자리를 뜨자 해녀들은 참고 있던 말들을 터트렸다.

"하도리에서 가장 물질 잘하는 우도댁이 물에 빠져 죽다니……, 영등할망, 무심도 하지."

"뭔가 이상하지 않언? 그날 우리가 모여서 이야기하는 걸 엿듣고 놈들이 해코지한 거 아니라게?"

"아, 무서워."

"그런데 그날 우도댁이랑 마지막까지 같이 있던 사람이 누구였지?"

"우리 하도 잡화점 앞에서 헤어지지 않언? 집이 먼 우도댁은 혼자서 해안가 길로 내려갔다 마씸……."

해녀들의 이야기는 길어졌지만, 우도댁이 어떻게 화를 입었는지 아는 이는 없었다. 그렇다고 알아낼 방법도 뾰족이 없었다.

해인이는 골똘히 생각에 빠졌다. 우도댁은 혼자 하도 잡화점에서 해안가로 연결되는 길을 따라 한참을 걸어간다. 어쩌면 중간에 잠깐 해안가 둔덕에 앉아 깜깜한 바다를 보며 깊은 한숨을 쉬었을지도 모르겠다. 그 후로 무슨 일이 일어난 걸까. 우도댁은 왜 죽었을까. 아니면 누가 죽인 걸까. 우도댁은 깊은 바다에서도 인어처럼 헤엄을 아주 잘 친다. 그런데 왜 바다에 빠져 죽었을까. 해인은 자신이 물질을 못하는 것보다 더욱더 수수께끼 같은 일이 제주 동북쪽 바닷가 마을인 하도리에서 일어나고 있다고 생각했다.

# 불턱의 해녀들

닷새 전, 해인이도 우도댁을 보았다. 그날 지인은 눈(물안경)을 집에 두고 물질하러 갔다. 눈이 없으면 바닷속에서 눈을 뜰 수 없기 때문에 물질을 할 수 없었다.

"다람쥐도 나무에서 떨어질 날이 있네. 꼼꼼한 지인이가 별일이야. 해인아, 얼른 갖다주고 오라게."

엄마는 눈을 건네며 재촉했다. 뭘 하고 놀까 궁리 중이었던 해인은 구시렁거리며 눈을 챙겼다. 해안가를 따라 빠르게 움직이는 흰구름을 보며 느릿느릿 걸었다. 하얀 강아지를 닮은 구름을 따라가고 있었는데 어느새 병아리처럼 변하더니 곧 흩어졌다. 퍼뜩 언니 생각이 났다.

'설마 언니 혼자 오도카니 앉아 있는 건 아니겠지?'

그 생각을 하자 머리에 빨간 등불이 켜졌다. 해인은 구름이 움직이는 방향으로 와당와당 달리기 시작했다. 물속에서 숨 참는 건 동네 꼴찌여도 뜀박질만큼은 누구에게도 지지 않을 자신이 있었다.

다행히 물질하기 전이었다. 다들 불턱에 둥그렇게 모여있었다. 해안가에 흔한 검은 돌로 둥그렇게 쌓아 올린 불턱은 해녀들이 물질 후 언 몸을 녹이거나 옷을 갈아입는 장소였다. 봄이라서 장작더미에서 피어오르는 불길은 없었지만, 모여있는 해녀들에게 왠지 모를 후끈한 열기가 전해졌다. 해인은 선뜻 가까이 가지 못하고 가만히 돌담 뒤에 숨어 이야기를 엿들었다. 어른들은 아이들에게 시시콜콜 중요한 이야기를 직접 해주지 않지만, 늘 맘만 먹으면 비밀스런 이야기도 쉽게 엿들을 수 있었다.

"작년에 성산포에서 있었던 우뭇가사리 사건 알고 이시냐?"

"조합 측에서 낙찰된 가격대로 가격을 쳐 주지 않아 반값에 팔린 거 말이우꽈?"

"응, 뒤늦게 들통 나서 해녀들은 물론 주민들까지 항의하고 난리 났었지."

"조합 서기하고 일본 상인이 짝짜꿍해서 나머지 돈을 챙겼다며?"

지인이도 한마디 거들었다.

"아휴, 썩을 놈들!"

지인의 단짝 순애였다.

"지금 우리가 다른 동네 불구경하듯 가만있을 때가 아니라게. 넋 놓고 있다 우리도 당한다 마씸. 다들 모여 보라게."

뭔가 비밀스러운 이야기를 할 낌새가 보였다. 해인이는 귀를 더욱 쫑긋 세웠고, 돌 틈으로 이야기를 주동하는 우도댁을 눈여겨보게 되었다. 결혼한 지 5년이 지났지만 아이는 없다고 들었다. 키는 그리 크지 않았지만, 상군 해녀답게 물질로 다져진 몸매가 군살 없이 다부졌다. 무엇보다 긴 머리를 야무지게 묶은 빨간 댕기가 눈에 띄었다. 우도댁은 하루 전 자신이 겪은 일을 들려주었다. 주변을 살피며 조심스럽게 이야기를 꺼냈지만, 이야기가 무르익을수록 목소리가 커져 옆 사람이 옆구리를 쿡쿡 찌르며 주의를 주는 모습이 보였다.

하도리 해녀조합 대표인 우도댁은 전복과 감태를 가지고 지정 상인 하라 상을 만나러 갔다. 하라 상은 일본인의 평균 키보다 조금 큰 편이었고, 가느다란 팔다리에 비해 유난히 배가 볼록 나온 체형이었다. 말할 때마다 언뜻언뜻 보이는 누런 이빨은 이야기를 나누는 상대방에게 불쾌감을 주었다. 하라 상은 정확한 양을 재는 척 저울에 물건을 달아 장부에 적는 시늉까지 했다. 우도댁은 한 달 전보다 더 많은 전복과 감태를 가져갔지만, 하라 상이 손에 쥐여 준 돈은 턱없이 적었다. 하도리 해녀들이 목숨 걸고 한 달 동안 채취한 해산물이었다.

"아니, 지난번보다 양이 많은데 왜 돈은 반절이오?"

우도댁은 책정된 가격보다 1전이라도 많이 받아 가려고 실랑이를 벌였다. 일본인 지정 상인이 온 후로는 성산포처럼 물건의 반값만 쳐서 준다는 소문이 파다했다.

"무슨 소리요? 아노, 요즘 시세가······. 그런데 왜 일본인을 못 믿어? 대일본제국을 믿지 못한다는 뜻이오?"

하라 상은 유창하지 않았지만 제법 우리말을 잘했다. 불쾌감은 서툰 조선말 속에서도 충분히 배어 나왔다.

"아노, 이 장부 확인해 보시오."

하라 상이 장부를 흔들며 들이대자 우도댁은 움찔했다. 까막눈이라서 검은 건 글자요, 흰 건 종이일 뿐 아는 글자가 없었다. 아는 게 없으니 더욱 주눅이 들었다. 하라 상은 우도댁의 자신 없는 태도에 더욱 의기양양해져서 고래고래 소리까지 질렀다.

"눈으로 확인했으니 무슨 말이라도 해 보시지 그러오?"

눈으로 확인하고도 글을 모르니 반박할 수 없었고, 자신이 바보나 다름없다는 생각이 들었다고 한다.

"해녀들과 상의하겠소! 이번엔 그냥 넘어가지 않겠소이다!"

우도댁은 그 말을 남기고 일단 한발 물러섰다.

"파렴치한 놈들아, 목숨 걸고 캔 자식처럼 귀한 것들이다! 해녀들 등쳐 먹고 밤에 맘 편히 발 뻗고 잠이 오시니? 천하의 도둑놈들!"

우도댁은 밖으로 나와 하라 상 앞에서 하지 못했던 말들을 내뱉으며 씩씩거렸다. 뒤에서 흠흠 헛기침하는 인기척이 들렸지만, 누구인지 확인해 보지는 않았다고 했다.

우도댁의 이야기를 듣는 동안 해녀들은 한숨을 쉬기도 하고, 나쁜 놈들이라며 같이 욕을 하기도 했다.

'더 이상 참지 않겠다. 계속 당할 수는 없다. 가만있다가는 우리가 다 굶어 죽거나 화병이 나서 죽을 수도 있다. 싸워야 한다.'

그런 말들이 오갔다.

'어떻게 싸운다는 말이지?'

해인은 궁금했지만, 이야기는 거기서 끝이 났다. 해녀들은 물질을 하기 위해 주섬주섬 테왁과 망사리를 챙겼다. 해인이는 금방 도착한 것처럼 능청스럽게 불턱 안으로 들어가 지인에게 눈을 건넸다.

그날 저녁 해녀들은 다시 모여 낮에 하던 이야기를 계속했던 것으로 보인다. 어떤 작당들을 꾸몄는지는 알 수 없지만, 잡화점 앞에서 헤어진 것은 틀림없었다. 하지만 우도댁은 영영 집으로 돌아가지 못했다.


우도댁의 죽음을 목격한 후, 하도리 해녀들은 며칠 동안 물질을 쉬었다. 다들 쉬지 않고 일해도 입에 풀칠하기 힘든 형편이었다. 하지만 그렇게라도 우도댁의 죽음을 함께 슬퍼하며 애도했다. 예로부터 해녀공동체는 의리로 뭉쳐 있었다. '저승에 목숨을 맡기고 이승에서 일하는 게 해녀'라고 했다. 물질하다 언제 죽을지 모른다는 뜻이었다. 그러니 해녀들은 더 똘똘 뭉칠 수밖에 없었다. 서로 내색은 안 했지만 '다음은 내 차례가 아닐까?' 하는 두려움이 밀려왔다. 어둠이 올레길에 젖어 들기 시작하면, 서둘러 집으로 돌아갔다. 집 안으로 들어가서는 괜히 문단속을 한 번 더 했다. 사람들은 스멀스멀 생겨나는 슬픔과 두려움을 동시에 느꼈다. 어김없이 짙은 밤이 찾아오고 날짐승 우는 소리가 들리면 그 슬픔과 두려움은 두 배로 부풀려졌다.

사건 발생 나흘째 되는 날이었다. 해인이는 빨래터에 있었다. 정수리 위 과랑과랑한 볕에 쩅한 피로감이 몰려왔다. 대야에 빨래한 옷을 담아 일어서는데, 눈앞이 핑 돌았다.

"혹시 그놈들 짓이 아닐까?"

"왜놈들보다 같은 민족 등쳐먹는 놈들이 더 악랄해."

빨래터에서 이야기 나누던 목소리가 귀에 왕왕 울렸다. 왜놈보다 더 악랄한 놈이란 누구일까. 해안가에 누워 있던 우도댁의 마지막 모습이 떠올랐다. 물속에서 허우적거릴 때처럼 두려움이 목을 조여오더니 숨쉬기가 곤란해졌다. 견뎌야 한다고 마음먹었지만 몸이 말을 듣지 않아 픽 쓰러졌다. 누군가 업고 뛰는 게 느껴졌고 그 후로는 아무 기억이 안 났다. 해인은 3일을 죽은 듯 앓아누웠다. 엄마가 끓여준 보리 전복죽을 먹고 나서야 겨우 정신이 돌아왔다. 엄마가 물질해서 잡은 손바닥만 한 전복을 조합에 넘기지 않고 큰맘 먹고 집으로 가져온 것이었다.

세화주재소 소속 야마다 형사가 우도댁의 시체를 확인하고 건성건성 사건을 조사해 내린 결론은 스스로 목숨을 끊었다는 것이었다. 동네 사람들 대부분 미심쩍어했지만, 아무도 나서서 따지지 못했다. 우도댁이 자살했다는 증거가 없듯이 누군가 우도댁을 죽였다는 증거도 없었다. 며칠 집에서 끙끙 앓던 우도댁 시어머니만이 무거운 몸을 이끌고 세화주재소로 찾아가 억울함을 호소했다. 딸보다도 더 살갑게 지냈던 며느리였다.

"며느리가 보름 뒤 부산 영도로 출가 물질 다녀와서 밭을 사준다고 약속했시게! 멀쩡하게 잘살고 있었는데, 자살이라니 무슨 말도 안 되는 소리시냐! 제대로 된 죽음의 원인을 밝혀라! 너희들이 우리 며느리를 죽이고 뭔가 찔리니까 빨리 결론 내버린 거 아니시니?"

우도댁 시어머니는 반은 송장이나 다름없었다. 핏기가 사라진 얼굴빛은 푸르다 못해 거무튀튀했다. 금방이라도 쓰러질 것 같은 가냘픈 몸에서 우렁우렁 힘 있는 소리가 나오는 게 신기할 따름이었다.

"닥치시오! 앞으로 우도댁의 죽음에 이러쿵저러쿵 의심하는 이가 있다면 대일본제국을 모독하는 걸로 여기고 즉시 체포하겠소!"

야마다 형사는 왼쪽 옆구리에 찬 총을 꺼내 위로 번쩍 들어 올리며 겁을 줬다. 우도댁 시어머니는 화를 이기지 못해 기절했다가 간신히 깨어났다. 뒤늦게 소식을 듣고 쫓아온 아들의 부축을 받아 겨우 집으로 돌아갔다고 한다. 야마다가 총으로 위협했다는 소문이 동네에 빠르게 퍼졌다. 사람들은 우도댁 이야기를 큰소리로 떠벌리지는 못했지만 둘 이상이 모이면 소곤소곤 화젯거리가 되기 일쑤였다. 해인이네 집도 예외는 아니었다.

"아, 우도댁이 불턱에서 해준 이야기가 어제 일처럼 생생하우다. 하라 상이 죽었을까요?"

지인이 잔뜩 겁먹은 목소리로 엄마한테 물었다.

"쉿, 조용히 호라."

엄마는 귀를 기울여 문 바깥을 살피고 아무 기척이 없는 걸 확인하고는 작은 목소리로 말했다.

"그거야 모르지게. 오재수가 시켰을 수도 있고, 야마다 형사 짓일 수도 있고, 다른 사고일 수도 있쿠마."

해인이는 참지 못하고 자리에서 벌떡 일어나 끼어들었다.

"그럼 범인은 세 명으로 좁혀지겠네? 하라 상, 오재수, 야마다."

"에고, 깜짝이야. 해인이 넌 언제부터 듣고 있어시니? 자는 거 아니라게?"

지인이는 진짜 놀랐는지 가슴을 쓸어내리며 숨을 길게 두 번이나 내쉬었다.

"지인이 너는 특히 몸조심 호라. 괜히 뭐 배우러 다닌다고 밤이슥할 때 다니면 안 된다 마씸. 시국이 점점 수상해져 간다니게. 눈 뜨고 있는데 코 베어 간다게. 그놈들이 왜란 때 했던 짓을 또 하고 있어. 얌전히 없는 듯 있는 게 최고라 마씸."

"걱정 맙서. 내 일은 내가 알아서 해싱거."

지인이의 눈길은 꺼지기 직전의 남폿불에 머물렀다. 기름이 다 되었는지 실낱 같은 불꽃이 불안하게 흔들렸다.

"에휴, 우리 신세가 꼭 꺼지기 직전 남포불 가코롬. 어서들 자라게."

엄마는 빨리 자라고 재촉하며 안 거리로 갔다. 지인은 고된 물질과 밭일로 피곤했는지 금방 잠이 들었다. 해인이는 밤늦도록 잠이 안 와 뒤척였다. 집 뒤에 웅크리고 있던 괴물이 금방이라도 방문을 열고 들어올 것 같았다. 뒤란 대나무 숲을 뒤흔드는 바람은 괴물의 휘파람 소리처럼 들렸다. 해인은 억지로라도 자보려고 이불을 머리 끝까지 뒤집어썼다.

# 바다의 풍년을 비는 영등제

하도리 사람들은 겉으로는 아무 일도 없었던 것처럼 일상으로 돌아왔다.

그날 이후, 해인은 아기 해녀가 되는 것을 포기했다. 허리까지 물이 닿는 바당은 도저히 들어갈 수 없었다. 대신 치마를 깡똥하게 묶고 갯바위 얕은 물가에 머물렀다. 물질은 못해도 갯가에서 구젱기, 보말, 떠내려온 감태를 쏠쏠하게 주웠다. 운이 좋으면 성게도 잡았다. 제주에서 보리 수확하기 전까지 먹을 것이 부족해 물질 못하는 아이들도 그렇게 힘을 보탰다. 해인은 집에 가려고 구덕을 챙겼다. 구덕 안에는 손바닥만 한 소라 두 개와 보말 한 움큼이 담겨 있었다. 해가 바다를 조금 비켜선 들녘으로 지고 있었다. 바다에 붉은 물그림자가 일렁였다.

마을 입구에 있는 하라 상의 이층 양옥집을 지났다. 동네에서 유일하게 초가가 아닌 기와로 된 집이었다. 사람들은 다다미 집이라고도 불렀다. 변소와 목욕탕이 집안에 있다고 했다. 하라 상은 해인이 또래의 아들이 한 명 있었다. 이름이 히로토였다. 해인이는 그 이름을 처음 들었을 때 나직하게 히로토, 히로토, 두 번 불러 보았다. 이국적인 이름이 낯설어서였다.

히로토 집의 유리로 된 창문이 퍽 맘에 들었다. 바깥에서 안쪽 사정을 엿볼 수 있는 게 신기했다. 일층 유리창 안으로 히로토 엄마가 히뜩히뜩 움직이는 모습이 보였다.

'한 번이라도 일본 사람이 사는 집을 구경해 봤으면.'

그런 생각이 들면서도 볼품없는 자신의 집과 비교되어 불쑥 부아가 났다. 일본인이 조선 사람들보다 더 멋진 집에 산다니 심통이 날만 했다. 눈에 띄는 검은 돌멩이를 발로 찼다.

아얏!

소라와 보말이 와그르 바닥으로 쏟아졌다. 지푸라기가 엉성해진 짚신 틈을 비집고 나온 엄지발가락이 돌 모퉁이에 찍혀 넘어지면서 손에 들고 있는 구덕을 놓친 것이다. 해인은 발가락이 아픈 것도 잊고 쏟아진 것들을 주워 담느라 바빴다. 히로토 네 집 이층 커튼이 움직이며 키 작은 남자아이가 잽싸게 옆으로 숨는 게 보였다. 집게가 새로운 집을 찾아 움직일 때처럼 재빨랐다.

"바보, 해파리!"

불쑥 그런 말이 튀어나왔지만, 자신을 훔쳐보는 게 영 기분 나쁘지는 않았다. 히로토의 아버지는 해녀들이 잡은 해산물을 중간에서 팔아 이익을 챙기는 지정 상인이면서, 발동선으로 해산물을 채취하는 선장이기도 했다. 해인이가 히로토를 처음 본 건 영등제를 하던 지난 삼월이었다.

해마다 삼월에 열리는 영등제는 제주 바닷가 마을의 가장 큰 축제 중 하나였다. 물질로 먹고 사는 해녀들은 물론 어부들, 배를 부리는 선주들까지 모였다. 영등할망에게 일 년 동안 안전하게 물질을 할 수 있도록 제사를 지내기 위해서였다. 해가 게슴츠레 비추는 시간부터 각시당으로 사람들이 모여들었다.

아침부터 엄마와 지인이도 제물을 준비하느라 손과 발이 바빴다. 각자 집에서 배고픔을 참고 견디며 용케 남겨둔 음식들이 귀한 제물이 되었다. 엄마는 메밀가루로 만든 돌레떡을 넉넉히 준비했다. 아기 해녀로 자리 잡은 지인이와 함께 더 많은 해산물의 수확을 빌기 위해서였다. 굿을 하는 심방(무당)과 북과 징을 치는 악사들이 더해져 당집은 떠들썩했다. 겨우 내내 굶주림에 허덕였고, 봄 보리 타작을 하기 전까지는 죽으로 간신히 목숨만 이어 가는 삶을 살아야 했다. 톳죽을 흔하게 먹었는데, 보리나 조가 쥐똥만큼 섞이고 반이상이 톳이어서 금방 배가 꺼졌다. 그래도 하도리 사람들은 영등제 때 사용할 음식은 가까스로 남겨 놓았다.

제사상에는 마을 주민들이 가져온 돌레떡, 빙떡, 옥돔 같은 귀한 생선은 물론 사과, 배 같은 과일도 먹음직스럽게 차려져 있었다. 향을 피우는 향로와 촛대는 귀한 놋그릇이었다. 누군가 제사 때만 반짝 쓰고 집안 깊숙이 숨겨 놓은 것을 가져온 모양이었다. 햇살에 놋그릇이 유난히 반짝였다. 해인은 어른들이 쌀, 조같이 귀한 식량을 바다에 뿌리는 게 영 이해가 되지 않았다.

"쳇, 배고파 사람 죽겠수다."

자신의 배에서 나는 꼬르륵 소리를 들으며 입을 삐죽거렸다. 옆에서 엄마가 하는 행동을 따라 하던 지인이가 해인을 보고 키득키득 웃었다.

"바다에 씨를 뿌려야 올 한해 해산물 풍년이 들어지게. 영등할망이 몇 배로 되돌려 줄 거라 마씸. 전복, 소라, 미역 많이 따서 돈 많이 벌면 좋지 않언? 가을에는 쌀밥도 며칠 먹을 수 있을 거라게."

해인은 언니 말을 듣고서야 삐죽 내민 입을 쏘옥 집어넣었다. 영등제는 아침 아홉 시부터 점심때까지 계속되었다. 행사가 끝나갈 즈음 심방이 원하는 사람들에게 좁쌀로 쌀점을 봐줬는데, 해인이가 가장 기다리는 시간이기도 했다. 지인의 친구인 순애가 심방 앞에 앉았다. 순애는 작년 여름에 새로 해 입은 갈옷을 단정하게 입고 있었다. 심방이 좁쌀을 앞 평평한 돌 위에 뿌렸다. 좁쌀이 돌판 위해 흩어졌다. 해인이는 흩어진 좁쌀들을 뚫어지게 쳐다보았다. 한 해의 운수는 보이지 않고 괜히 배만 더 고팠다. 심방은 걱정스러운 낯빛으로 순애를 보았다.

"올해는 복이 되는 것이 되레 화를 가져올 수도 있으니 조심허라."

"아니 그게 무슨 뜻이우과? 좀 쉽게 풀어 줍서."

옆에 있던 지인이 거들었다.

"물질할 때 조심하라는 뜻 아니겐? 우리가 조심할 일이 물질밖에 더 이시니? 호호."

"그렇긴 해."

순애가 따라 웃었다.

쨍 빛나던 해가 구름 속으로 들어갔다.

해인이는 지인이 옆구리를 한번 찌르고 귓속말을 했다.

"언니 나도 쌀점 보면 안 돼?"

"궁금한 거 이시니?"

"몇 살에 제주를 떠날 수 있는지, 몇 살에 시집가는지 궁금해."

그 말에 지인이가 머리를 콩 쥐어박았다.

"에고, 넌 왜 그렇게 엉뚱해시니? 내 동생이지만 정말 니 속은 알다가도 모르겠어."

"칫, 언니도 내 언니지만 능구렁이 속처럼 모르겠쿠마."

해인이가 풀이 죽은 채로 말했다.

"왜 해인이가 어떵행? 제주의 흔한 비바리가 아니라서 얼마나 매력이시냐?"

순애가 해인이를 보며 눈을 찡긋했다. 해인이는 순애 덕에 마음이 조금 풀렸다.

"지인아, 너는 쌀점 안 봐?"

순애가 지인에게 물었다.

"응, 나는 그냥 영등할망 뜻에 맡길래."

지인의 말에 순애는 물론 옆에 있던 해녀들까지 까르륵 웃었다. 해인이만 입을 삐죽 내밀었다. 언니의 쌀점이 궁금하기도 했고, 좋은 구경거리를 놓친 게 아쉬웠다.

"아니, 저 배는 그 악덕 지정 상인 하라인지 두라인지 그 일본 놈 배 아니시니?"

누군가의 소리에 제를 지내던 사람들이 일제히 배가 떠 있는 바다를 보았다. 빨강, 노랑, 초록 천을 두르고 춤사위를 벌이던 심방도 동작을 멈추었다.

"에휴, 왜놈들 진짜 징하네. 그동안 빼앗고 속인 것도 모자라 영등제 하는 날까지……, 영등할망 노하겠수다! 거 누가 가서 좀 말리게. 영등제 할 때는 고기잡이를 몽땅 금지하는 걸 모르겠? 최소한 제주에 왔으면 여기 사는 사람들 세시 풍습은 따라야 마씸."

"그런 말 마라게. 바랄 걸 바래야지. 우리 세시 풍습까지 돌보면 그게 왜놈이겠수, 나라님이지?"

일본인 배가 바다를 훑고 지나가면 전복, 소라 씨가 마른다고 했다. 나이 든 해녀가 그 말을 하면서 긴 한숨을 쉬었고, 옆에서 듣고 있던 이들이 '에고, 나쁜 놈들.' 하면서 구시렁댔다.

일본 말을 할 줄 아는 동네 아저씨 한 명이 테우를 타고 나가 이야기를 전했다. 다행히 지정 상인 하라 상은 순순히 배를 돌렸다. 각시당에 꽤 많은 사람들이 모여 있는 걸 보고 아차 싶었던 것이다.

해인은 일본인 배가 선착장에 들어오는 걸 몰래 지켜보았다. 그때 히로토를 처음 보았다. 히로토는 제주 아이들과 다르게 살이 통통하게 쪘고 얼굴이 무척 희었다. 게다가 제주 아이들이 입는 흔한 갈옷 대신 부잣집 도련님들이 입는 세련된 옷을 입고 있었다. 해인이는 겉으로는 티 내지 않았지만 온 신경이 히로토에게 쏠려 있었다. 히로토가 어떤 아이인지 무척 궁금했다.

# 아기 상군 해녀 고지인

"너 오늘도 갯가에 간? 그래, 숨 참기는 좀 늘었시니?"

지인은 해인이가 갯가에서 잡은 것들을 들여다보았다.

언니 말에 해인은 화가 났다. 자신이 뭘 좋아하고 싫어하는지 물어보지도 않으면서 무조건 물질을 잘하길 바라기 때문이었다. 여자아이로 태어나면 꼭 해야 하는 게 물질이라는 것도 맘에 들지 않았다. 게다가 아무리 노력해도 안 되는 게 있는데, 왜 그걸 모를까 부아가 치밀었다.

"난 어멍이랑 언니처럼 물질 안 할 거야! 연정 아방처럼 육지 나가서 공부할 거라 마씸."

골이 나니 머릿속에서 계산되지 않은 말이 불쑥 튀어나왔다.

해인의 말에 지인이 빙그레 웃었다.

"요것아, 정신 차려! 누구는 육지 나갈지 몰라 안가는 줄 알엉?"

지인은 해인의 머리에 또 꿀밤을 먹였다.

"왜 자꾸 꿀밤 때려시니? 나 진짜 화낸다!"

"돈이 있어야 육지에 나가 공부를 하지. 하루 한 끼 배불리 먹기도 힘든데, 어떻게 공부를 햄시니?"

"……"

시무룩해진 해인을 달래듯 지인이 말했다.

"육지는 못 나가도 언니가 너 보통학교는 보내 줄게, 꼬옥."

지인은 해인을 측은한 눈길로 바라보다 해가 기우는 모습을 살피더니 급히 담장 밖으로 사라졌다.

'엄마가 밤늦게 다니지 말라 햄신데……'

지인이는 자신이 하기로 마음먹은 일은 누가 뭐라 해도 꼭 하고야 만다.

'뭐지, 요즘 부쩍 수상하네. 불턱에서 나누던 비밀스런 이야기와 관련이 있나? 혹시 향긋한 분 바르고 연애하러 다니면 어떵할 거?'

이래저래 언니가 수상쩍었다. 빨랫줄에 널어놓은 지인의 하얀 홑적삼과 까만 소중이가 솔바람에 하늘거렸다.

'물질해서 고단하고 곧 캄캄해질 텐데……, 어디를 또 저리 급하게 간?'

해인은 마루에 발라당 누웠다. 저물수록 싸락싸락 바람이 불고 이름 모를 새들이 울었다.

'새들이 우는 건 나처럼 배가 고파 우는 걸까?'

천장이 뱅글뱅글 돌아 눈을 감았다. 그네를 탈 때보다 더 어지러웠다. 그러다 동그란 얼굴이 떠올랐다. 커튼 뒤에서 몰래 엿보던 일본 아이 히로토였다. 일본 사람들은 다르게 살까, 집안에는 신기한 물건이 많을까, 무얼 주로 먹을까, 궁금한 게 참 많았다. 하지만 히로토 아버지 하라 상과 마주칠까 봐 걱정되었다. 진짜 하라 상이 우도댁을 죽였으면 어떡하지, 그럼 히로토는 영영 못 만나겠지. 제주 사람을 죽인 원수의 아들이니까. 생각은 꼬리에 꼬리를 물고 이어졌다. 끝나지 않을 것 같은 생각의 꼬리를 끊어낸 건 바로 엄마였다. 보리밭에 풀을 뽑고 온 엄마가 마당으로 들어서며 냅다 소리를 질렀다.

"허구헌 날 베짱이마냥 노는 제주 비바리는 너밖에 없을 거다!"

"에구 깜짝이야! 간 떨어지겠네."

해인이 발딱 일어나 앉았다. 차가운 용천수 탕탕물을 마셨을 때처럼 정신이 번쩍 들었다. 또 어떤 불호령이 떨어질지 조마조마했다.

"니 친구들 각시당 밑 바당에서 두렁박 띄워 놓고 물질하는 거 못 봤시니? 동무들은 물질 배운다고 난리인데……, 쯧쯧."

"어멍, 지금 그게 문제가 아니우다. 지인 언니가 연애하는 거 같아. 지난번에 색경 요리조리 보며 엄마 분 몰래 바르는 거 봤수다. 지금도 분 냄새 폴폴 풍기며 어깨에 뭔가 두르고 갔다니까."

"정말 그러 햄시니? 이런 수상한 시절에 고것이 콧구멍에 봄바람이 들어도 단단히 들었구먼. 어디 들어오기만 해봐. 오늘 끝장을 내야지. 해인이 너 물질 배우는 거 취미 없으면 오늘부터 언니 좀 감시하라게. 가뜩이나 뒤숭숭한 세상에 무슨 수상한 일을 꾸미고 다닌다니?"

해인이는 입을 야무지게 오무리며 고개를 끄덕였다. 해인이가 태어나고 백일도 채 안 되어 엄마는 다시 물질을 시작했다. 갓난아기를 돌보는 건 겨우 다섯 살 많은 언니 지인이의 몫이었다. 다행히 언니는 동생을 끔찍이도 아꼈다. 걸음마를 배우기 전까지는 업어서 키웠고, 자라는 동안에도 늘 다정한 동무가 되어 주었다. 하지만 물질을 하면서 바빠졌고, 해인은 불턱에서 언니 물질이 빨리 끝나기만을 기다렸다. 지인은 또래 중 잠수 실력이 가장 좋았고, 쏠쏠하게 잡히는 해산물 덕에 집안 살림에도 큰 보탬이 되었다.

아버지는 해인이 태어나던 해, 풍랑에 고깃배가 뒤집혀 목숨을 잃었다. 엄마의 물질만으로는 겨우 입에 풀칠만 했다. 지인이 물질을 시작하면서 코딱지만 한 밭을 하나 샀고, 하루 두 끼 보리나 조에 톳을 넣어 밥술이라도 뜨게 되었다. 그러니 지인이 물질을 소홀히 할까 봐 엄마가 걱정하는 건 당연했다.

저녁때가 한참 지나서야 올레길에 자박자박 발걸음 소리가 들렸다. 해인은 언니의 발소리를 들으면 이상하게 마음이 평화로워졌다. 엄마와 다르게 지인이는 언젠가는 멀리 떠날지도 모른다는 걱정 때문이었다. 연애하는 게 싫은 것도 자신을 일찍 떠날까 봐 불안해서였다. 엄마는 해인과 지인이 머무는 바깥거리 방에 앉아 있었다. 지인이 방문을 열자, 엄마는 성난 호랑이로 돌변했다.

"너 대체 어디 다녀와시니?"

갑작스런 습격에 지인은 움찔 놀랐다.

"그냥 볼 일이 있어 다녀왔수다. 부엌에 물질해서 갖다 놓은 거 못 봤수과? 오늘은 내 손바닥만 한 전복도 잡았는데……."

"딴소리하지 말고 그 보자기나 한번 보자. 뭐가 들언?"

엄마는 지인이 등에 멘 보자기를 홱 낚아채 매듭을 풀었다. 지인의 얼굴이 창백하게 변했다. 보자기 안에 들어 있던 먹, 붓, 벼루, 종이가 어지럽게 흩어졌다. 남폿불 그림자가 물건들 위에서 너울너울 춤을 췄다. 붓은 돼지털을 묶어서 만든 것이었다.

"너도 소학교에 글 배우러 다니시니? 글만 배우는 게 아니지게?"

엄마의 물음에 지인은 말없이 고개를 푹 숙였다.

"여자가 글은 배워서 뭣하게? 여자가 글 배우면 팔자만 세져. 내일부터 다니지 마라게. 알았시니?"

고개를 숙이고 있던 지인이 어느새 고개를 쳐들고 독오른 독사처럼 엄마를 노려보았다.

"그렇게는 못하쿠다. 우도댁이 억울하게 당한 거 보고도 가만히 있으란 말이 나오라게? 바다에서 목숨값과 바꾼 전복이랑 감태를 헐값에 빼앗기고 어떻게 가만히 있수과? 그러다 다음은 우리 차례가 된다고요. 저나 어멍이 우도댁처럼 되어도 괜찮우?"

지인의 갑작스런 반격에 이번에는 엄마가 당황해 말을 더듬었다.

"괜히 나서서 일 크게 만들지 말고……, 야, 얌전히 있으라게."

방구석에서 가만히 듣고만 있던 해인이는 엄마가 나가자 언니에게 물었다.

"언니, 그럼 해녀들이 똘똘 뭉쳐 일본 사람들을 육지로 쫓아내기라도 할 거라 마씸?"

엄마나 언니가 우도댁처럼 될 수도 있다는 말이 생각나 목소리가 조금 떨렸다.

"우리 힘으로 일본을 쫓아내지는 못해도 우리 권리를 찾으려는 거야. 일한 대가는 돌려받아야지. 억울하게 가만히 앉아서 당하면 어떡할 거?"

"그런데 언니 글공부 핑계로 연애하고 다니는 건 아니지?"

지인이가 분을 바르고 거울을 자주 보며 멋을 부리는 건 여전히 의뭉스러웠다.

"……"

해인이의 질문에 지인이는 대답하지 않고 가만히 있었다.

"아니지게? 어멍이 아끼는 구리무 얼굴에 몰래 찍어 바르는 거 내가 다 봤서."

해인의 말에 지인은 배시시 웃었다.

"해인아, 너만큼 엉뚱하고 재미있는 아이는 드물 거. 정말 미워할 수가 없주게."

지인은 그 말을 하면서 해인에게 뭔가를 내밀었다.

"와, 이거 눈깔사탕? 언니 이거 누가 줘시니?"

지인이가 대답하기도 전에 사탕을 까 입에 쏙 넣었다. 한쪽 볼이 볼록해질 새 없이 양쪽으로 바삐 옮기며 단물을 삼켰다. 사탕은 그동안 언니한테 서운했던 마음을 스르르 녹였다. 언니는 물질도 잘하면서 또 무얼 배우려고 야학에 다니는 걸까. 해인이는 달콤한 사탕 물을 삼키면서 생각했다. 그리고 동시에 마음을 다잡았다.

'언니 뒤를 밟아서 꼭 비밀을 밝혀낼 테야.'

해인이는 달콤함에 지지 않으려고 눈을 부릅떴다. 하지만 이내 눈이 가재눈처럼 작아졌다. 지인이는 그런 해인이를 보며 맑게 웃다가 금세 얼굴에 먹구름이 끼었다. 지인이가 통시에 가려고 나가자, 해인이는 손에 꼭 쥐고 있던 종이 뭉치를 펴서 보았다. 좀 전에 가방에서 떨어진 종이였다. 해인이 쪽에 떨어진 걸 슬그머니 쥐고 있었다. 빽빽하게 뭔가가 적혀 있었다. 언니가 무얼 하고 다니는지 알 수 있는 열쇠가 될지도 모른다는 생각에 얼른 바지 안주머니에 넣었다. 나중에 글을 깨우치게 되면 읽어볼 생각이었다. 안주머니에서 짤각짤각 소리가 났다. 토끼섬 근처 해안가 모래사장에서 주운 반질반질한 조개껍데기 두 개가 서로 부딪쳐 나는 소리였다.

# 일본 아이 히로토

아침부터 해인은 괜히 히로토네 집 주변을 알짱거렸다. 히로토가 이층 창가에 나타날 때까지 최대한 천천히 걸었다. 집 근처를 세바퀴를 돌았을 때, 창문으로 자신을 몰래 지켜보는 아이가 보였다. 고개는 돌리지 않고 눈동자를 최대한 굴려 그 애의 움직임을 살폈다. 해인은 별방진 쪽으로 방향을 틀어 천천히 걸으며 곁눈질을 했다. 과연 자신의 바람대로 히로토가 집에서 나왔다. 해인은 히로토와의 거리를 좁히기 위해 잠깐 멈춰 서서 열까지 셌다.

'하나, 둘, 셋……, 아홉, 열.'

그때 자전거 한 대가 지나갔다. 낡아빠진 고철이었지만 두 바퀴는 용케도 댕강댕강 잘도 굴러갔다. 해인이는 신기해서 한참 동안 서서 구경했다. 굴러가던 바퀴가 멈췄다. 오재남이 자전거에서 내렸다. 재남은 올해 열여섯으로 지인이와 나이가 같았다.

"해인아, 어디 간?"

재남이는 늘씬한 키에 늘 웃는 얼굴이었다. 웃으면 초승달 모양이 되는 눈이 매력적이었다.

"심심해서 별방진이나 돌까 해서……. 근데 오라방, 그건 무사?"

"아, 이거. 현호 형이 자전거 두 대라며 줬어. 너도 한번 타 볼래?"

현호 형은 경성에서 공부하고 온 엘리트로 연정이의 아빠이기도 했다. 특별한 직업 없이 해녀인 아내를 돕거나 딸 연정이를 돌보며 지냈다.

"아, 아니. 난 자전거 탈 줄 몰라신디……."

해인은 당황스레 손을 내저었다. 두 바퀴에 온몸을 맡긴다니 생각만 해도 끔찍했다. 금방이라도 데굴데굴 굴러가다 어딘가에 쿵 부딪히고 나가떨어질 것 같았다.

"내가 시간 날 때 알려줄게. 다음에 보자."

재남이는 달콤한 말을 남기고 다시 자전거 페달을 밟았다. 해인은 말없이 침만 꿀꺽 삼켰다. 아침 햇살이 재남이 등에서 춤추듯 일렁였다. 빛에도 그림자가 있다는 걸 처음 알았다.

어느새 곁에 온 히로토가 해인을 물끄러미 바라보았다. 아련한 눈길을 거두고 해인은 별방진을 향해 걸었다. 돌담이 높아질수록 하늘 폭은 좁아졌다. 다섯 발자국 뒤에 히로토가 조심조심 따라왔다. 평평한 길이 사라지고 높은 돌담이 나왔다. 가파른 돌을 딛고 올라가야 했다. 해인이는 어쩔 수 없이 멈췄고, 히로토와 나란히 서게 되었다.

"넌 오늘 핵교 안 가시니?"

해인은 반가운 속마음을 들킬까 봐 심드렁한 목소리로 물었다.

"고, 공휴일……."

"아, 넌 이름이 무어라게?"

이름을 알면서 모르는 척 물어보았다.

"히, 히로토."

"아, 히로토? 난 해인이야."

히로토는 돌담을 풀썩 뛰어 가뿐하게 올라갔다. 해인은 툭 튀어나온 돌을 밟고 올라가다 중심을 잃고 비틀거렸다. 히로토가 재빨리 해인의 손을 잡아주지 않았다면 미끄러져 아래로 떨어질 뻔했다. 바람이 놀리듯 머리카락으로 볼을 간질였다. 해인이는 어색한 기분을 바꾸려고 화제를 돌렸다.

"학교는 재미이시니? 조선 아이들이 너랑 잘 놀아 주니?"

그 말에 히로토의 코가 씰룩거리더니 두 눈에서 약속이라도 한 듯 눈물이 또르르 굴러떨어졌다. 히로토는 부끄러운지 눈물을 훔치고 앞서 걸어갔다. 예상하지 못한 반응이었다. 히로토가 낯선 자신 앞에서 울 거라고는 상상도 못했다.

"널 놀릴 생각은 아니었어. 사실 나도 외톨이야. 내 동무들은 다 물질하러 다니는데……, 난 제주 비바리인데도 물질은커녕 헤엄도 잘 못햄서. 그냥 개헤엄 치는 수준이라게."

히로토를 달래기 위해 애를 썼다. 다행히 작전이 먹혀들었다. 히로토가 멈춰서더니 소매로 눈물을 쓱 닦으며 말했다.

"우리 지, 집 갈래?"

히로토가 불쑥 뒤를 보며 말했다. 큰 돌로 쌓아 올린 별방진의 가장 높은 고지를 돌고 있을 때였다. 돌담 아래 피어 있는 노란 평지나물 꽃 무더기가 바람에 한들거렸다.

"좋아!"

해인은 속으로 크게 웃었다. 꿈꾸던 기회를 놓치고 싶지 않아서

바로 대답했다.

"우리 집 가면 유, 유과 줄게."

히로토의 말에 침이 고였다.

꼬르륵.

조용하던 배에서 우렁찬 뱃고동 소리가 났다. 아침에 조에 톳을 섞어 끓인 죽을 반 그릇 먹었으니 그럴 만했다. 해인은 좀 전에 히로토가 손을 잡아줄 때보다 더 얼굴이 화끈거렸다. 다행히 히로토는 다른 곳을 보고 있었다.

별방진 돌담길에서 하도리가 훤히 내려다보였다. 타원형 돌담으

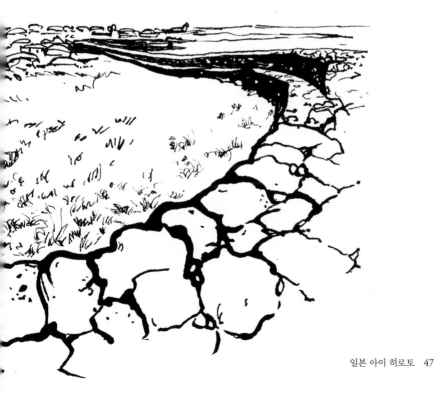

로 쌓인 별방진에서 내려다보는 성안 마을은 엄마 품에 포옥 안긴 아기처럼 아늑하고 평화로워 보였다. 검은 돌성 밑으로 샛노랗게 핀 평지나물 꽃은 마을을 환하게 만들어 주었다. 한여름이 되어 열매가 잘 여물면 기름을 짜서 쓰는 고마운 작물이었다. 평지나물을 일본인들은 유채라 불렀다. 마을 옆으로 배들이 묶여 있는 하도항이 있다. 하도항 뒤로는 푸른 바다가 시원하게 펼쳐져 있는데, 바다색은 늘 하늘빛을 그대로 반영했다. 짙은 쪽빛과 연한 쪽빛이 어우러진 바다 표면에 햇살이 반짝반짝 춤추듯 빛나고 있었다. 그 모습을 보면 누구든 한참을 넋 놓고 바라보게 된다. 해인이와 나란히 서 있는 히로토도 마찬가지였다.

제주의 해안가는 예전부터 왜구들이 자주 들어와 노략질을 했다. 불을 지르고 쇠붙이처럼 돈이 되는 물건들을 빼앗아 갔다. 별방진은 왜구들의 침략을 막기 위해 마을 둘레에 쌓은 성이다. 제주 해안가에는 왜구의 침입을 막기 위해 쌓아놓은 돌성의 흔적들이 남아있다. 하도리 별방진은 제주 동북쪽에 남아있는 성 중 규모가 가장 컸다.

해인은 히로토가 그 왜구의 후손이라는 생각을 하니 새삼스러웠다. 왠지 조심하고 단속해야겠다는 생각보다는 킥킥 웃음이 먼저 나왔다. 겁 많은 히로토가 왜구였다면 싸움이나 제대로 했을까. 공격하지 못하고 눈만 끔뻑이고 있었을 것이다. 해인이가 웃으니 히로토는 이유도 모르고 같이 따라 웃었다.

히로토의 집은 하도리 잡화점 옆에 있었다. 3년 전에 지어진 집으로 2년 동안 살던 일본인이 제 나라로 돌아가면서 히로토네가 들어왔다. 그게 작년 여름이었다. 해인이는 유과맛 이상으로 히로토네 집이 궁금했다. 물질을 잘해서 열여섯에 아기 상군이 된 언니가 알면 펄쩍 뛸 일이었다. 언니는 일본 사람들을 경계하는 걸 넘어서 아주 싫어했다. 그들이 도둑놈과 별반 다르지 않다고 했다. 게다가 우도댁 사건이 터지면서 일본에 대한 증오는 한라산 꼭대기에 닿을 만큼 높았다. 언니 마음을 모르는 건 아니지만 히로토는 아무리 보아도 못된 도둑놈이랑은 거리가 멀었다.

히로토는 해인이 따라오는지 가끔 뒤를 돌아보며 확인했다. 해인과 눈이 마주치면 씨익 웃었다. 웃을 때마다 돌출한 앞니가 토끼처럼 보였다. 해인은 그 모습이 친근하게 느껴졌다. 재남이 반달눈이 되며 환하게 웃는 모습과는 조금 다른 친근함이었다.

히로토의 집에 들어서자 처음 맡아보는 음식 냄새가 났다. 히로토 엄마 세이코 상이 요리를 하며 일본말로 친구 어쩌고 하는 소리가 들렸다. 곧 히로토 엄마가 부엌에서 나왔다. 눈꼬리가 살짝 올라가고, 앞니가 튀어나온 게 히로토랑 비슷했다.

"히로토, 같은 반 친구니?"

히로토가 고개를 저으며 머리를 긁적였다.

해인이가 "안녕하세요?"라고 조선말로 인사를 하며 고개를 숙였다. 걱정과 다르게 히로토 엄마는 무뚝뚝한 제주 사람들보다 말투와 몸짓이 더 다정했다. 다행히 히로토 아빠 하라 상은 집에 없었다. 아마 하라 상이 있었다면 바다에서 숨 참기 할 때처럼 갑갑했을 것이다.

"반갑구나. 마침 잘 왔다. 히로토랑 같이 카레밥 먹으렴. 감자 고로케도 했는데 마침 잘됐다."

카레, 고로케 모두 처음 들어보는 음식이었다. 세이코 상은 조선 말을 아주 잘했다.

'히로토는 엄마를 닮아서 조선인에게 친절하구나.'

히로토가 아버지를 닮지 않아 다행이란 생각이 들었다. 솔솔 풍겨 오는 음식 냄새에 이상하게 가슴이 뛰었다. 하얀 쌀밥 위에 노란 아기똥처럼 올려진 게 카레라고 했다. 성게알보다 더 샛노랬다. 해인이가 음식 앞에서 망설이자 히로토가 시범을 보이듯 밥 위에 카레를 올려 한 숟가락 맛있게 떠먹었다. 해인이도 히로토가 한 것처럼 카레를 하얀 쌀밥 위에 올려 조심스럽게 입에 넣었다. 독특한 향이 났지만 맛있었다. 오랜만에 만나는 하얀 쌀밥 위에 카레까지 올려 먹으니 고소함이 더했다. 해인이는 순식간에 카레를 먹어 치웠다.

고로케는 겉은 바삭하고 고소하며, 속은 촉촉하고 담백했다. 처음 맛보는 천국의 맛이었다. 해인은 너무 맛있어서 놀란 눈으로 히로토를 쳐다보았다. 히로토가 씨익 웃었다. 히로토의 윗입술에 노란 카레가 묻어 있었다. 해인이가 카레 묻은 입술을 가리키며 킥킥거렸다.

히로토네 집에는 책이 많았다. 일본어로 된 책들은 읽을 수 없지만 새로운 꿈을 꾸게 했다. 대체 무슨 이야기를 담고 있을까. 알지 못하는 이야기는 바다 건너 멀리까지 보내 줄 것만 같았다. 사람을 실어 나르는 전차가 있는 경성과 히로토가 살았던 일본 오사카에도 가보고 싶었다. 책꽂이에 여러 책과 다르게 검정 끈으로 엮은 책 하나가 눈에 띄었다. 펼쳐 보니 그림과 글이 함께 있는 책이었다.

"친구가 책에 관심이 많구나. 네가 고른 책은 미야지와 겐지의 작품이란다. 유과 먹으면서 편하게 보렴."

해인은 구름 위에 누워있는 기분이었다. 유과는 입에 넣자 바삭 부서지며 사르르 녹았다.

"같이 하, 할래?"

히로토 손에는 생감자와 하얀 종이가 들려 있었다. 히로토는 방에 빈 종이를 펼쳐 놓더니 감자를 깎아 새긴 도장을 올려놓았다. 감자 도장에 빨간 인주를 묻혀 종이에 찍었다. 인주가 조금 묻어서인지 흐릿하게 찍힌 글자가 보였다. 한자였다. 해인은 읽을 수 없어 고개만 갸웃했다.

"내 이, 이름."

그제야 해인은 웃으며 고개를 끄덕였다.

"나도 찍어볼까?"

히로토가 고개를 끄덕이며 웃었다.

해인이 히로토 이름이 새겨진 도장을 빈 종이에 찍었다. 자세히 들여다보니 한자 네 글자가 보기 좋게 찍혀 있었다. 해인이가 놀란 눈으로 히로토를 올려다보았다.

"와, 이거 니가 깎아 만든 거?"

히로토는 조금 수줍은 표정으로 고개를 끄덕였다. 해인이는 언젠가 엄마를 따라 해녀조합에 갔을 때, 서기가 나무에 판 도장을 장부에 찍는 걸 보았다. 감자로 도장을 만들 수 있는 것도 그랬지만 종이에 찍힌 글자가 어른 글씨처럼 정교해서 더 놀랐다.

"히로토, 이런 재주는 어디서 배웠니?"

해인이는 왼쪽 손등에 도장을 찍고 인주를 말리려고 입김으로 호호 불었다.

"네 이, 이름 써 줄까?"

히로토 말에 해인이는 당황스러웠다. 이름에 담긴 뜻도 알지 못했고 한글로 쓸 줄도 몰랐다. 히로토가 눈치를 챘는지 더 이상 묻지 않았다.

"음……, 성이 고, 이름은 해인이야."

그래도 이름은 정확히 알려줘야 할 것 같아 그리 말했다. 처음으로 이름을 쓸 줄 모르는 게 부끄럽다는 생각이 들었다.

"늦어서 집에 가야 되겠쿠마."

해인이는 인사를 하는 둥 마는 둥 하고 현관으로 나갔다.

"버, 벌써……?"

히로토가 아쉬워했지만 해인이는 딱 잘라 말했다.

"어멍이 위험하다고 해지기 전에는 집에 돌아와야 한다고 햄서."

신발장에는 해인이의 짚신과 가족들의 신발이 가지런히 놓여 있었다. 짚신은 단 한 개뿐이었다. 히로토가 밖으로 급하게 따라오며 말했다.

"해잉아, 다음에 엄마 도, 돈까스 해 준대. 이거……, 엄마 선물……."

해인이는 돈까스가 뭔지 정확히 몰랐지만 당연히 맛있는 음식일 거라 생각했다. 히로토가 좀 전까지 재미있게 그림으로만 보았던 책을 건네주었다. 책 제목이 '첼로 켜는 고슈'라고 했다.

"체, 체, 첼로, 켜는……고슈, 고, 슈……."

돌아가는 길에 잊지 않으려고 반복해서 읊었다. 히로토 말투가 생각나 웃음이 나왔다. 책을 선물로 받는 건 처음이었다. 책을 품고 걷다 보니 언짢았던 마음이 점점 풀렸다.

# 야마다 형사

히로토네 옆집 하도 잡화점은 세화주재소 야마다 형사의 집이다. 야마다의 부인이 일층에서 잡화점을 하고 이층은 가정집으로 썼다. 잡화점에는 보통 부인들이나 아가씨들이 좋아할 만한 잡다한 물건을 가져다 놓고 팔았다. 하도리 사람들은 이용하지 않아 파리만 날렸다. 가끔 히로토 엄마인 세이코 상이 잡화점에 들러 차를 마시기도 하지만 둘은 성격이 안 맞는지 뜸하게 만나는 눈치였다. 언젠가 두 사람이 심하게 말다툼하는 걸 봤다는 소문이 빨래터에 모인 사람들의 입에서 입으로 퍼졌다. 야마다의 부인 유리 상은 예쁜 얼굴은 아니지만, 진한 화장과 짧은 치마에 가슴골이 보이는 야한 옷차림으로 동네 아줌마들의 입방아에 자주 오르내렸다.

부인의 화려한 모습과 달리 야마다는 작은 키에 볼품없는 얼굴로 안경까지 껴 눈에 띄었다. 야마다와 처음 마주치는 사람들은 그의 안경을 빤히 쳐다보곤 했다. 해인이도 처음에는 그랬다. 물질할 때 쓰는 눈은 바닷가 마을에서 익숙하지만, 물 밖에서 잘 보이게 해주는 안경은 처음이라 신기했던 것이다.

"나 한번 써 봅서."

해인이는 야마다를 처음 만났을 때 그가 누구인지도 모르고 맹랑하게 안경을 손으로 가리켰다. 야마다는 어이없어 쓴웃음을 짓다가 안경을 건네주었다. 안경을 쓰자 멀쩡하던 세상이 뱅글뱅글 돌았다.

"깨지면 니가 물어내라. 너의 집과 땅을 몽땅 내놓아야 할지도 몰라."

야마다의 싸늘한 목소리에 해인이는 얼른 안경을 되돌려 주었다. 나중에 야마다가 어떤 사람인지 알고는 심장이 벌렁거렸다. 그때부터 해인이는 야마다를 피했다. 멀찍이 야마다가 보이면 다른 길로 피해 다녔다. 총과 칼을 차고 다니며 조선인을 겁주는 야마다라면 자신의 집과 땅을 진짜 빼앗을지도 모른다는 생각이 들었다.

야마다가 입는 제복은 흔하지 않은 연한 노란빛이었다. 그래서인지 감물을 들인 갈옷이나 흰 저고리를 입은 제주 사람들 옆에 있으면 도드라졌다. 늘 급한 사람처럼 종종거리며 다녔고, 모자는 마치 일부러 그런 것처럼 살짝 삐딱하게 썼다. 볼품없는 몸과 달리 옆구리에 찬 기다란 칼에서는 서늘한 기운이 감돌아 덩치 큰 남자들도 움찔하고 달아날 정도였다. 야마다는 그럴 때마다 살짝 돌아간 모자를 바로 쓰며 거만한 표정을 지었다. 칼도 살짝 뺐다 다시 집어넣었다. 그는 부인한테는 찍소리도 못하면서 조선인에게는 악랄하게 굴기로 유명했다. 부인한테 받은 스트레스를 조선인들에게 푸는 것은 아닌지 의심이 갈 정도였다. 사람들은 야마다 집안이 아주 좋다고 했다. 조선을 삼키는 데 큰 역할을 한 이가 가까운 친척이라는 소문도 있었다. 그래서 볼품없는 행색과 다르게 큰소리를 치고 다닌다는 것이다. 유독 부인한테 꼼짝 못하는 이유는 큰 약점을 잡혔기 때문이라고들 했다.

야마다는 지정 상인 하라와 친하게 지냈다. 둘은 세화 시장 입구 양조장에서 종종 낮술을 퍼마셨다. 오재수도 그들과 자주 어울렸다. 하도리 사람들은 끼리끼리 몰려다닌다며 흉을 봤지만, 막상 셋과 마주치면 무슨 꼬투리가 잡힐까 싶어 잰걸음으로 달아났다.

사람들은 야마다를 우도댁을 죽인 유력한 범인이라 생각했다. 지정 상인인 하라 상이 야마다에게 뒷돈을 많이 건네준다는 소문이 있었다. 하라 상이 해녀들의 눈총에도 아랑곳하지 않고 지정 상인을 할 수 있었던 것도 야마다가 물심양면으로 도와주었기 때문이라는 것이었다. 해산물 가격 운운하며 귀찮게 구는 해녀 대표를 하라 상 대신 야마다가 처리하는 일은 충분히 가능할 거라고 사람들은 생각했다. 야마다는 셋이 술을 마실 때마다 습관처럼 내뱉는 말이 있었다.

"제주 여자들은 육지 것들보다 쎄. 훨씬 단결도 잘하고 말이야. 육지 것들은 순사 옷자락만 봐도 오줌을 지리는데 제주 해녀들은 고개를 빳빳하게 들고 노려보고 간단 말이지. 덩치 큰 사내들보다도 간이 부었어. 혼을 내고 싶어도 해녀회를 중심으로 단결하여 보복이나 하지 않을까 두려워서 함부로 하지 못해. 참 기가 막힐 일이다 하. 대일본제국의 경관인 내가 제주 여자들 눈치를 보다니, 하하."

하지만 야마다는 부인을 대할 때와 정반대로 조선 사람에게는 가차 없었다. 한번 잘못 걸리면 독사처럼 물고 늘어진다고 해서 독사라는 별명이 있었다. 우도댁이 야마다에게 물렸다는 소문도 심심찮게 퍼졌다.

참 신기하게도 야마다의 부인 유리 상은 같은 일본인 세이코 상과는 잘 지내지 못하면서 현호와 희숙의 딸인 다섯 살 연정이를 어여삐 여겼다. 유리 상의 잡화점에 연정의 마음을 빼앗을 만한 물건이 많았다. 맛난 눈깔사탕은 물론 가끔 예쁜 원피스를 만들어 주니 연정이 싫어할 이유가 없었다. 유리 상은 옷을 만드는 솜씨가 좋았다. 유리 상은 일본에 있을 때 연정이 또래의 딸이 있었지만, 사고로 잃은 후로는 아이를 갖지 못했다. 연정이를 보며 딸을 떠올리는 게 틀림없었다. 희숙은 딸이 유리 상의 집에 가는 것을 처음에는 탐탁치 않게 생각했지만, 소문을 듣고는 내버려 두었다.

해인이가 히로토 집에서 나와 집에 가려는데 잡화점 문이 열려 있었다. 유리 상이 연정이를 앞에 앉혀 놓고 머리를 땋아주고 있었다.

"연정아, 언니랑 집에 같이 안 갈래?"

유리 상은 해인이가 불쑥 얼굴을 내밀자 아주 불쾌한 표정을 지었다.

"얘, 너 조센징이 왜 일본인 집에 다녀?"

잡화점 여자가 위아래로 꼬아보며 말했다.

"무사? 저한테 할 말이 아니신데. 그 짝은 일본인이 무사 조선인 꼬마 연정이를 데리고 노라게?"

유리 상은 해인이 말을 알아듣고 얼굴이 울그락불그락했다.

"너 버릇이노 없구나."

해인은 입을 삐죽 내밀고 연정이에게 말을 걸었다.

"연정아, 집에 안 감시냐? 내가 집에 데려다 줄쿠마."

"그라게, 언니. 언니 나 눈깔사탕 받았엉. 아줌마 안녕!"

연정이는 유리 상한테 손을 흔들어 보였다. 좀 전의 냉랭하던 눈빛은 온데간데없이 사라지고 함박웃음을 지었다. 웃으니 눈 밑 주름이 자글자글하게 잡혔다.

연정이는 해인이한테 자랑하기 무섭게 사탕을 날름 입에 넣었다. 해인이는 저도 모르게 침을 꿀꺽 삼키고 연정이의 손을 잡았다. 연정이는 집에 가는 동안 잡화점에서 있었던 일을 조잘조잘 끝도 없이 떠들었다.

"유리 쨩이 예쁜 꽃무늬 원피스 만들어 준대. 유리 쨩이 꼬까신도 나중에 사준다고 했엉."

연정이는 무척 기분이 좋아 보였다. 눈깔사탕을 먹는데 기분이
안 좋을 리가 없었다. 해인이는 반대로 시무룩해졌다.

집에서 저녁을 먹고 한참이 지나도 지인이 오지 않았다. 해인은
어둑어둑해지는 올레길에서 언니를 기다렸다. 투다닥 반가운 발소
리가 들리는가 싶더니 지인이 헐떡거리며 나타났다. 무언가에 쫓기
는 사람 같았다.

"해인아, 왜 나와이시니?"

"언니가 안 오니까 그렇지."

지인은 자신이 온 길을 살피며 소근거렸다.

"누군가 내 뒤를 밟는 사람이 있어. 오늘 순애가 머리 아프다며
야학에 빠져 혼자였거든. 얼른 들어 오라게."

대문을 꼼꼼하게 잠그는 언니에게 해인이 조르듯 말했다.

"언니 무서워. 밤에는 다니지 마."

"어머, 해인이가 언니 걱정하는 거? 그래, 되도록 낮에 다닐게. 나
도 오늘 겪어보니 무섭네. 어멍한테는 비밀이다. 어멍이 알면 분명
공부하는 거 다 때려치우라 햄시니."

엄마는 마침 산간마을 친척 집에 가고 없었다. 해인은 언니 품속
으로 파고들었다. 언니 냄새가 참 좋았다. 해인은 우도댁처럼 언니
를 잃게 될까 봐 덜컥 겁이 났다. 그래서 더 꼬옥 껴안았다.

# 야학 친구들

지인은 단정하게 갈옷을 입고 있었다. 작년 여름, 초록감을 곱게 빻아 물들인 옷은 요술이라도 부린 듯 연한 흙빛으로 변해 있었다. 질감은 쉽게 헤지지 않을 만큼 빳빳하고 질긴데 여름에는 통풍이 잘되어 시원했다. 제주에서 일상복으로 입기에 알맞은 옷이었다. 물질할 때 입었던 옷은 빗물을 받아 놓은 물로 여러 번 헹궈 물을 꼭 짠 후 탁탁 털어 빨랫줄에 널었다.

킁, 킁.

뒤란에 날아온 수꿩의 힘찬 울음소리였다. 다른 때 같으면 꿩을 잡으려고 얼른 뒤란으로 갔겠지만, 해인은 부엌에서 가만히 문틈으로 언니가 하는 행동을 지켜보았다. 지인은 마루에 걸쳐 놓은 책보를 메고 고팡 옆에 기대놓은 지게를 스윽 지나쳐 집을 나섰다. 나무는 하지 않고 곧장 야학에 가는 모양이었다. 올레길을 걷던 지인이 수상한 눈빛으로 휙 돌아보았다. 해인은 깜짝 놀라 그대로 얼음이 되었다.

"무사? 들고양이처럼 몰래 숨어서 보지 말고 같이 가자."

해인은 멋쩍게 웃었다.

'무슨 꿍꿍이가 있어 함께 가자시니?'

의심스러웠지만 군말 없이 따라갔다. 지인은 앞만 보고 바삐 걸었다. 하도보통학교에 들어서니 소나무 그림자가 교실 쪽으로 길게 드리워져 있었다. 왠지 그림자에 선뜩한 긴장감이 감돌았다. 교실에는 이미 대여섯 명의 학생들이 앉아 있었는데, 책상 위에는 지인이 것과 똑같은 표지의 책들이 놓여 있었다. 맨 뒷자리에는 유일한 남학생 재남이도 있었다.

"어, 지인아, 그 귀여운 꼬마는 누구시니?"

해인이도 처음 보는 낯선 얼굴이었다. 양 갈래로 땋은 머리를 하고 있었는데, 동그란 눈매에 장난기가 가득했다.

"해인아, 종미 언니 조심해라. 웬만한 남자보다 짓궂어서 늘 긴장해야 될쿠다."

순애의 말에 교실에 있던 여자들이 까르르 웃었다. 재남이도 멋쩍게 웃었다. 덩달아 해인이를 감싸고 있던 묘한 서먹함이 풀렸다.

"순애, 너부터 긴장해. 누구한테 검은 마음이 있는지 다 안다 마씸."

종미의 말에 순애의 얼굴이 벌게지며 온순해졌다.

"울 순애가 좋아하는 사람이 있다고? 그게 누구라게?"

춘애가 종미한테 다가가며 관심을 보였다.

"종미 언니 실없는 소리 마라게."

그제서야 순애가 종미를 보며 눈을 흘겼다.

그때 앞문이 열리면서 삼십 대 중반의 남자가 교실로 들어왔다. 야학을 가르치는 문도배 선생이었다. 낡은 한복을 입고 있었다. 눈매는 매서웠지만 얼굴이 지나치게 희고 맑아 바닷일이나 밭일은 하지 않을 것 같은 얼굴이었다. 문도배 선생은 처음 보는 해인을 잠깐 살피더니 옆에 앉아 있는 지인에게 시선을 옮겨 짧은 눈웃음을 지었다. 그리고 하얀 분필을 들어 칠판에 뭔가를 적었다. 해인은 글은 몰랐지만 생긴 모양으로 한글과 일본어 구분은 할 수 있었다. 조금 어리둥절했다. 야학은 한글을 배우며, 우리의 역사와 정신을 고양하기 위해 다니는 곳이라고 들었다. 왜 야학에서 일본어를 가르치는 걸까. 하지만 곧 궁금증이 풀렸다.

"일본어는 아침, 점심, 저녁 인사말이 다 달라요. 밑에 우리말로 소리음을 적어 놓았으니 따라 읽으면 됩니다. 오늘은 제주의 역사에 대한 이야기를 할 거예요."

문도배 선생은 세련된 경성 말투를 썼다. 칠판에 일본어를 써 놓은 것은 갑자기 들이닥칠 야마다 형사의 눈을 돌리기 위함이라는 걸 금방 알 수 있었다.

"제주 땅이 비옥하지 않은 이유를 혹시 아는 사람?"

"바람이 많이 불어서 아닐까요?"

나서기 좋아하는 종미가 대답했다.

"물론 농작물이 자랄 때 바람의 영향을 많이 받기도 하지만 땅이 비옥하지 않은 직접적인 이유는 아닙니다. 다른 사람 생각은?"

문도배 선생은 살짝 웃기만 해도 매서운 눈매가 감춰지며 인자해 보였다.

"흙이 좋지 않아서 그런 거 아니우과? 아주 옛날에 그 뭐지 요……, 맞다, 용암이 분출해서 섬이 생겼다고 들었수다. 검은 돌에 구멍이 숭숭 뚫린 건 그 때문이고요. 흙 밑의 돌멩이가 그 모양이 니 농작물이 잘 자라기 힘들겠지요."

지인이 돼지털로 만든 붓을 조물락거리며 말했다.

"오, 지인이 말이 맞아요, 용암이 분출한 화산섬이라서 땅이 육지 만큼 비옥하지 못해요. 벼농사 지을 생각은 꿈도 못 꾸고요. 게다 가 바람이 많이 불고 비가 자주 오는 날씨도 도움이 안 되어요. 우 리가 살고 있는 땅을 제대로 알아야 우리의 삶을 제대로 들여다볼 수 있어요."

해인은 교실에 앉아 선생의 이야기를 듣는 게 꿈만 같았다. 왠지 속이 뻥 뚫리는 것처럼 시원했다. 무엇보다 물질하는 얘기가 아니라 서 좋았다.

"제주 해녀는 특산품인 전복을 따는 사람으로 역사에 기록되었지만, 정작 사람들은 해녀들의 고된 삶에는 관심이 없었어요. 백성들의 삶을 살뜰히 보살펴야 하는 관리나 임금도 마찬가지였고요."

문도배 선생은 그 이야기를 하며 책상에 앉아 있는 해녀들을 죽한번 훑어보았다.

그때 종미가 손을 번쩍 들었다. 문도배 선생은 살짝 의심하는 눈초리로 고개를 끄덕였다. 워낙 엉뚱한 이야기를 잘하는 학생이라는 걸 아는 까닭이었다.

"울 할망 말씀으로는 아주 오래 전 육지에서 온 제주 목사 중에 해녀들이 힘들게 전복을 따는 것을 목격하고, 밥상에 그것을 올리지 말라고 부탁한 분이 계셨다고 들었수다. 그 영감님은 해녀 삼춘들한테 엄청 인기가 많았다고 했수다."

그 말에 학생들은 물론 점잖은 선생까지 껄껄껄 웃었다.

"물론 그런 관리는 백 년에 한 번 나올까 말까 했어요."

"선생님 말씀하시는데 엉뚱한 야그로 말 끊지 맙서."

똑 부러지는 희숙의 말에 문도배 선생은 다시 이야기를 시작했다.

"지금은 제주에서 여자들이 전복을 채취하고 있지만, 예전에 전복을 잡는 건 남자들이 하는 일이었어요. 전복은 제주도 특산물이라서 임금님께 진상하는 품목이었어요. 알다시피 깊은 물 속에 들어가 숨 참고 전복을 따는 일은 외롭고 고달픈 일이에요. 남자들은 고단한 짐을 벗어나기 위해 슬금슬금 육지로 도망가기 시작했어요. 결혼한 이는 가족들과 함께 가기도 했고요. 그런 사람이 많아지니 문제가 심각해졌어요. 그래서 제주 사람한테 200년 동안 육지로 가는 걸 금지하는 법이 생겼어요. 바로 출륙금지령이지요."

"금지령이 없어도 바닷길에 막혀 가기 힘든 게 육지인데 너무 햄수다."

"제주가 완전 고립 되었수다게?"

"진상해야 할 양이 정해져 있으니 전복을 채취하는 일을 누군가는 꼭 해야 했어요. 남자들이 점점 손을 놓자, 미역이랑 소라만 채취하던 해녀들이 전복까지 잡게 된 거예요."

"왜 여자들만 그 힘든 물질을 할까 궁금했는데 그런 속사정이 있는 거우꽈?"

"그 사이사이 제주도는 왜구들이 쳐들어와 노략질하기도 했고, 흉년이 들거나 전염병이 돌면 육지와 멀리 떨어져 있어 피해가 클 수밖에 없었어요. 여자들이 바깥출입을 제대로 하지 못하던 육지와는 달리 제주에서는 한겨울에도 얇은 옷을 입고 물질을 할 수밖에 없었어요. 해녀들이 바다에서 목숨을 걸고 사투를 벌이며 물질을 해서 가족들을 먹여 살린 겁니다. 이제 나라님한테 진상하지 않아도 되는 세상이 왔나 싶었는데, 일본이 우리나라를 집어삼켜서는 같은 황국신민이라고 강조하며 우리가 힘들게 물질해서 딴 해산물들을 아주 형편없는 가격에 사들이고 있어요. 해녀들이 저울의 숫자를 읽지 못하니, 열 냥 값을 닷 냥으로 속여 팔아도 알 수 없는 거죠. 우리가 일본 놈들에게 당하지 않으려면 숫자는 물론 한글을 깨우쳐야 해요. 책으로 지식을 쌓고 생각을 깨우쳐야 해요."

해인이는 신선한 충격을 받았다. 제주 비바리로 태어나서 잘해야 하는 것은 오직 한가지, 물질이었다. 그걸 못해서 해인이는 늘 자신이 바보 같다는 생각이 들었다. 하지만 문도배 선생은 해녀들을 앉혀 놓고 물질이 아니라 공부의 필요성을 이야기하고 있었다. 그동안 공부는 먹고 살만 한 집의 남자들이나 하는 것이라고 생각했는데 말이다.

"선생님 질문이 있어요."

이번에 해녀조합 대표가 된 덕순이었다.

"원래 해녀조합은 해녀를 보호하기 위해 설립된 거 아닌가요? 그런데 왜 일본인 지정 상인이 저울 눈금을 속이고, 서기인 오재수는 일본인 꼬붕이 되어 해녀들을 물 먹이는 거우꽈?"

"덕순이가 중요한 질문을 했어요. 그게 우리가 야학하는 목적이기도 해요. 해녀조합이 해녀들을 보호해야 하는데 오히려 수탈의 도구가 되었어요. 해녀들이 까막눈이라는 것을 이용해서 말이에요. 성산뿐 아니라 여기 하도에서도 일본 지정 상인이 공공연하게 저울 눈금을 속여 헐값에 해산물을 사들이고 있어요. 글을 배워야 하는 이유입니다."

"제값에 팔아도 한 끼 배불리 먹기 힘든 형편인데 진짜 너무들 하쿠다."

한동안 조용하던 지인이 한마디 했다.

"하긴 그런 양심을 일본 놈들에게 바라는 게 문제지. 예전에 제주 목사로 온 관리들만 해도 배에서 내리는 즉시 자신의 사리사욕을 채우느라 바빴다고 하니 말 다 했지. 나라님들도 제주 여자는 그저 미역, 전복 같은 진상하는 물건을 채취하는 사람으로만 봤지, 우리가 어떻게 사는지는 궁금해하지 안 햄서."

"제주에 태어난 것도 서러운데 여자로 태어나 더 서럽주."

"참고 견디면 누가 알아주나요? 일본을 향한 우리의 저항은 우리를 더 자유롭고 인간적으로 만들어 줄 거예요. 다 같이 힘을 냅시다."

문도배 선생은 그 말을 하고 수업을 마쳤다.

# 수상한 세 사람

"해인이 이시니? 너만 한 머슴아 하나가 요 며칠 올레에서 알짱 알짱하더니 오늘 또 왔다. 그 일본 아이 같은데……, 쯧쯧, 무사 왜 놈 아이를……, 해인이 뭐 하멘? 나와 보라게."

해인이는 엄마의 말이 거슬려 미간을 찌푸렸다.

'저희 집에 한번 놀러 갔다고 우리 집까지 찾아올 게 뭐람. 부끄럼도 없시냐……'

해인이는 며칠 만에 집 밖 올레길을 나섰다. 그 사이 한여름이 되었지만 오랜만에 쐬는 바깥 공기는 상쾌했다. 올레길 모퉁이에 서 있는 퐁낭 가지에 앉은 매미가 요란하게 울었다. 나무에 걸터앉아 있는 히로토가 보였다.

"우리 집까지 왜 와시니?"

해인이는 히로토 얼굴을 보는 대신 나뭇가지에 앉아 온몸을 떨며 시끄럽게 우는 매미를 쳐다 보았다. 제 이름 석 자를 쓰지 못했던 히로토 집에서의 일이 떠올라 잠잠하던 속이 다시 부글부글 끓었다.

'이름이라도 쓸 수 있게 미리 배워 두는 건데.'

그 생각을 열 번은 더 했다. 지인의 도움으로 이름은 겨우 쓰게 되었지만, 이제 와서 이름을 써 보겠다고 한다면 더 우스운 꼴이 된다.

"구, 궁금해서……."

히로토는 해인의 표정을 살핀 뒤 기어 들어가는 소리로 말했다. 그리고 무안해졌는지 말없이 오른쪽 운동화 앞코를 땅에 꽂고 빙빙 돌렸다.

'저러면 비싼 신발에 흙 묻을 텐데…….'

해인은 그런 생각을 하며 큼직한 돌멩이 뒤에 왼쪽 발을 숨겼다. 신을 바꾸지 않아 여전히 엄지발가락이 삐죽 나온 상태였다.

"도, 돈까, 스."

히로토는 해인의 마음을 꿰뚫어 보기라도 하듯 먹는 이야기를 꺼냈다. 해인이는 늘 굶는 게 일상이 되어 먹는 이야기가 나오면 마음이 약해졌다. 게다가 히로토 입에서 나온 돈까스란 말에 마음이 한겨울 굴뚝 주변에 있는 눈처럼 스르르 녹았다. 고소하고 바삭한 고로케의 맛이 되살아났다.

"그, 그래?"

눈꼬리는 살포시 내려가고 말투는 퍽 부드럽게 변했다.

"너희 엄마가 돈까스 만들어 준다고 오라시니?"

히로토는 그제야 환하게 웃으며 고개를 끄덕였다. 해인이는 히로토 집에 두 번째 방문을 하게 되었다. 세이코 상이 볼 일이 있어 나갔는지 집에 없었다. 부엌 식탁 위에 먹음직스런 돈까스가 놓여 있었다. 해인이는 아주 반가운 마음이 들었지만 관심 없는 척했다. 히로토는 돈까스를 쟁반에 담으며 말했다.

"이, 이층 가자."

이층에는 히로토 방과 손님들이 방문하면 쓰는 작은방 두 개가 있었다. 복도 끝의 작은 문은 뒷마당으로 통하는 계단과 연결되어 있었다. 히로토 방에는 작은 책상과 다섯 단짜리 책꽂이가 나란히 놓여 있었다. 책꽂이에는 일본어로 된 동화책들과 인형 두어 개가 가지런히 정리되어 있었다. 히로토는 돈까스 쟁반을 책상 위에 올려놓았다. 돈까스는 고로케보다 더 바삭했고, 안에 들어있는 돼지고기는 설명하기 힘든 감칠맛이 났다.

회색 커튼을 걷자 하도리 푸른 바다가 훤히 내려다보였다.

"와, 하영 높다!"

해인이는 자신이 걸어 다니던 길을 내려다보았다. 히로토가 커튼 뒤에 숨어 몰래 지켜보던 게 떠올라 픽 웃음이 났다. 그런데 집 쪽으로 걸어오는 사람들을 보고 웃음이 싹 달아났다.

"히로토, 저기 너희 아방 아니시니?"

히로토가 창밖을 보며 난처한 표정을 지었다. 야마다 형사와 하라 상이 집 쪽으로 오고 있었다.

"히로토 내 신발, 잠깐만 기다렷!"

해인이는 단숨에 이층 계단을 내려가 현관에 있는 히로토 신발은 신발장 안에 정리해 두고, 자신의 신발을 들고 이층으로 뛰었다. 현관문 열리는 소리가 들렸을 때는 이미 계단을 지나 이층에 도착한 순간이었다. 뜀박질이 조금이라도 늦어 계단에 있었다면 딱 마주쳤을 것이다.

히로토는 방 입구에서 해인이를 불안한 눈빛으로 보았다. 해인이는 손가락을 입에 가져가며 아무 말도 하지 말라는 신호를 보냈다. 히로토는 재빨리 방문을 잠갔다.

"해잉아, 신발 하, 한 짝."

"아……."

히로토의 말대로 손에 신발이 한짝만 들려 있었다.

"앗, 어쩌지? 급히 오다 흘렸나 봐."

해인이는 금방이라도 울 것 같은 표정을 지었다.

"히로토, 너희 아방이 야마다를 만나면 보통 뭘 하지?"

"수, 술 마셔."

"그럼 술이 좀 취했을 때 찾으러 가야겠어. 그래야 주변을 덜 신경 쓸 테니까."

하라 상은 세이코 상과 히로토 이름을 각각 두 번씩 부르더니 더이상 부르지 않았다. 안타깝게도 이층 복도에는 신발은 없었다. 혹시나 일층으로 내려가는 계단을 살펴보니 중간쯤에 짚신이 떨어져 있었다.

그때, 현관문이 열리면서 또 한 사람이 들어왔다. 해인이와 히로토는 이층 복도에 급하게 엎드렸다.

"안녕하세요, 벌써 시작들 하셨네. 볼일 보고 오느라 좀 늦었습니다."

오재수였다.

"집에 아무도 없나요?"

오재수가 미심쩍은 목소리로 물었다.

"세이코는 식료품을 사러 나갔소. 히로토는 놀러 나갔는지 안 보이고."

"아, 형님 아들 히로토가 또 괴짜더라고요. 그새 조선인 여자아이랑 어울려 다니던데. 하하하."

흠흠.

하라 상은 헛기침을 하며 탐탁지 않은 표정을 지었다. 히로토와 해인이의 눈이 잠깐 마주쳤지만 왠지 겸연쩍어서 다른 곳으로 눈을 돌렸다. 부엌에서 음식을 차리는 소리가 났고, 잠시 후에는 세 명이 식탁에 앉아 이야기하는 소리가 들렸다.

"내가 천천히 살피면서 신발 가져올게."

해인이가 먼저 움직였다. 몸을 최대한 낮게 숙이며 계단을 내려 갔다. 히로토의 예상대로 셋은 술잔을 기울이고 있었다. 신발이 떨 어져 있는 계단 중간까지 내려가면 들킬 염려가 있었다. 해인이는 소리를 내지 않으려고 조심했다.

그들은 하도리 해녀들 중 누가 제일 미녀일까, 그런 시답잖은 이 야기를 나누며 낄낄거렸다. 식탁 쪽을 살피니 다행히 계단 쪽에 관 심을 보이는 사람은 없었다. 해인이는 무사히 신발을 집어 들고 다 시 이층으로 조심스럽게 올라가는 중이었다.

"우도댁 사건은 생각보다 쉽게 넘어가는 거 같죠?"

오재수가 건들거리는 목소리로 말했다.

순간 해인이는 걸음을 멈추고 계단에 다시 납작 엎드렸다. 이층 계단 끝에서 지켜보던 히로토도 놀라서 눈이 동그레졌다.

"증거가 없으니 별수 있겠소?"

야마다였다.

"일 터지기 전에 아노, 잘했어요. 아노, 그 여자 뭔가 일을 낼 것 같았다니까."

아노라는 말을 자주 쓰는 사람은 하라 상이 틀림없었다. 해인이 는 입술이 바짝바짝 마르고 목도 말랐다. 어떻게 우도댁이 죽었는지 는 알 수는 없었지만, 그 죽음이 세 사람과 연관된 것은 분명했다.

"그래도 해녀들 움직임을 잘 살펴야 할 것이오. 뭔가 일이 터질 것처럼 찝찝하단 말이야."

"제가 잘 감시하겠습니다."

오재수였다. 해인이는 오재수가 야마다의 똥개 노릇하는 현장을 보게 된 것이다.

또로롱.

그때, 히로토 손에 있던 구슬이 굴러 계단으로 떨어졌다. 구슬은 곤란한 사정을 조금도 봐주지 않았다.

똑또르.

해인이는 재빨리 이층으로 뛰어 올라갔다. 계단으로 떨어지는 구슬을 신경 쓸 여유가 없었다. 히로토가 해인이한테 빨리 피하라며 복도 끝에 있는 문을 가리켰다.

"히로토?"

하라 상이 부엌에서 계단 쪽으로 걸어오며 부르는 소리가 들렸다. 해인이는 얼른 복도 끝으로 뛰어가 문을 열고 나갔다. 그제야 신발 한 짝을 히로토 방에 둔 게 생각났다. 한 짝을 찾으니 다른 한 짝이 말썽이었다.

'하라 상이 히로토 방에 들어간다면 신발을 보게 될 텐데.'

조금 불안했다. 해인이는 맨발로 계단을 내려가 기둥 뒤에 숨어 있었다.

삐삐삐. 삐르르 삐삐.

정원의 소나무 위에서 시끄럽게 울던 종달새가 '포로롱' 날아갈 무렵, 히로토가 문을 열고 빠끔 내려다 보았다. 하라 상은 히로토 얼굴만 확인하고 바로 내려갔다고 했다. 해인은 히로토가 건네준 신발을 신고 얼른 그곳을 빠져나왔다. 만약 뒷문이 없었으면 어찌 되었을까. 뒷일은 상상하기도 싫었다. 해인이는 일단 언니를 찾으러 하도보통학교에 가보기로 했다. 언니가 그 사실을 알면 뭐라고 할까. 얼핏 들었던 어른들이 나누던 대화가 떠올랐다.

"히로토 아방이 지정 상인이면서 발동선도 부리잖어. 몰래 들어 와서 노략질하는 것도 미칠 노릇이었는데, 대놓고 바닷속 귀한 것 들을 싹쓸이한단 말이지. 괘씸한 놈들. 우리가 배를 곯는 건 저놈 들 탓이 크다니까. 영등제 지낼 때 배 띄우는 것만 봐도 그 싹수가 보이는 거야. 제주에 살면서 제주 예법은 깡그리 무시하잖아. 우도 댁이 죽은 것도 영 꺼림직하고 말이야."

해인이는 무엇보다 우도댁 죽음에 히로토 아버지가 연관되어 있 다는 게 신경 쓰였다. 히로토는 어쩌고 있을까.

'왜 하필 히로토 아버지는 해녀들 등쳐 먹는 지정 상인이 되어서 모두를 곤란하게 하나.'

해인이는 한숨이 나왔다. 학교를 샅샅이 뒤졌지만 지인은 없었 다. 지인은 물질하고 밭일까지 하면 고단해서 쉬고 싶을 텐데, 나 무까지 해 놓고 야학을 갔다. 지인이 쉽게 포기할 생각을 안 하니 도리어 엄마가 반은 포기하는 눈치였다. 학교를 관리하는 아저씨 한 분이 화단에서 풀을 뽑고 있었다. 한라산 쪽에서 검은 구름이 몰려오는 걸 보니 오래지 않아 비가 쏟아질 것 같았다. 날이 후텁

지근해서 팔뚝이 끈적하고 몸은 눅눅했다. 게다가 긴장이 풀려서 인지 잠이 쏟아졌다. 해인이는 지난번 야학을 들었던 교실 문을 살그머니 열었다. 그리고 다시 문을 닫고 벽에 등을 붙이고 잠깐 눈을 붙였다.

얼마나 잤을까? 시간이 많이 지난 것 같아 해인이는 발딱 일어나 밖을 내다보았다. 다행히 날이 저물기 전이었다. 밖에 나오니 소나기가 내렸는지 땅이 젖어 있었다. 빨리 언니한테 알려야겠다는 생각이 들어 집 쪽으로 뛰었다. 각시당 입구에서 지인과 순애, 재남이 누군가에게 훈계를 듣고 있었다.

"너희 앞으로 조심해라. 재남이 너는 집안 망신시키지 말고 조용히 있어! 지인이 순애도 물질만 얌전히 해라. 이상한 짓 꾸미고 다니면 서로 좋을 게 없어. 요즘 시국이 점점 안 좋아지고 있다. 우리 대일본제국은 앞으로 큰 전쟁을 치를 계획이다. 너희들 걱정되어 귀띔해주는 거니까 새겨들어라, 응? 특히 너 재남이! 형 망신시키지 말고, 어? 알아들었지?"

오재수의 말에 동생 재남은 돌하르방처럼 꿈쩍하지 않았다. 표정도 그대로였다. 오재수는 재남이한테 잔소리 몇 마디 더 해댔다. 해인은 오재수와 마주치는 게 싫어서 종종걸음으로 달아나려던 참이었다.

"오, 해인이로군. 어디 다녀오냐? 아니면 히로토 만나러 가냐?"

오재수가 능글맞은 웃음을 지으며 다가왔다. 하긴 그냥 지나칠 오재수가 아니었다.

"아, 안녕하세요?"

해인은 인사를 하면서 살짝 어지럼증이 났다.

"오, 그래. 너는 언니랑 다르게 말랑말랑하구나. 그러니까 일본인 친구랑 어울리지, 큭큭. 혹시 언니가 이상한 짓 꾸미는지 잘 살펴라."

뒤에 있는 지인이 빨리 그쪽으로 오라고 손짓을 했다. 서둘러 가려는 해인이 앞을 오재수가 막았다. 히로토 집에서 마신 술 때문인지 혀가 살짝 꼬부라져 있었다.

"만약 언니가 수상한 짓 하다 발각되면 주재소에 끌려갈 수 있으니, 니가 그 전에 나한테 귀뜸해 줄래? 혹시 아냐? 내가 미리 손을 써줄지, 흐흐흐."

오재수는 눈을 찡긋하며 갈지자걸음으로 걸어갔다.

"휴~"

해인은 숨을 길게 내 쉬었다. 차마 대놓고 코를 쥐지는 못했지만 오재수의 입에서 나는 들큰하고 역겨운 냄새를 참기 힘들었다.

'친형제인데도 재남 오라방이랑 영 달라.'

오재수는 춘애 언니를 가끔 때리고, 춘애 언니가 물질해서 번 돈을 빼앗아 술을 마신다고 했다. 대낮부터 술에 취해 갈지자로 걷는 뒷모습이 야마다 형사 앞에서 꼬리를 살랑거리며 아부하는 모습과

겹쳐졌다. 오재수의 모습이 멀어지자 지인이 혀를 끌끌 찼다.

"오늘 재수 옴 붙었네. 한심한 인간. 부인이 물질해서 번 돈으로 술 처먹고 왜놈들 밑에서 굽신거리고. 천하의 난봉꾼."

"지인아, 난 저 인간만 보면 토 나올 거 같아. 형부라고 부르기도 싫다니께. 언니는 어쩌다 저런 놈을 만나 고생인지 모르겠어. 물질해서 죽어라 돈을 벌어도 밑 빠진 독에 물 붓는 꼴이다니께."

순애의 말에 재남은 고개를 푹 숙였다. 형의 존재가 부끄러운 듯했다.

"해인이 너는 어디 갔다 완?"

지인의 말에 대답할 틈도 없이 재남이가 곧바로 물었다.

"해인이 지난번에 아팠다며? 얼굴이 더 조막만 해졌네. 이제 괜찮아?"

아픈 지 보름이 더 지났지만 재남이는 잊지 않고 해인이의 안부를 물었다. 재남이는 한결같이 다정했다. 해인이는 히로토 집에서 들었던 이야기를 모두에게 풀어 놓을까 말까 고민하다, 집에 가서 지인에게만 살짝 이야기하기로 마음먹었다.

# 문주란꽃

칠월이 되자, 지미봉의 초록빛이 더욱 짙어졌다. 바다의 감태도 짙푸르게 무르익었다.

해인은 아무도 없는 집에서 히로토 엄마가 준 그림책을 질리도록 보고 또 보았다. 첼로를 엉터리로 켜는 고슈 이야기였다. 글자를 읽지 못해도 고슈가 첼로를 잘 다룰 줄 몰라 혼나는 것쯤은 그림만으로 짐작할 수 있었다. 해인이는 고슈가 만지는 첼로를 보고 또 보았다. 악단의 다른 사람들이 들고 있는 악기에 비해 무척 컸다. 아마 해인이 키보다도 클 것 같았다. 첼로는 오래되어 구멍이 나 있었다. 고슈는 늘 단장에게 혼나 집으로 돌아갈 때쯤이면 화가 머리끝까지 나 있었다. 그 화를 밤에 찾아오는 동물들에게 첼로를 켜며 화풀이를 했다. 해인이는 고슈의 우스꽝스러운 모습이 재미있었다. 개

헤엄을 겨우 치는 자신의 모습과 어딘가 닮아 보였다. 동물들은 왜 화난 고슴을 찾아와서 저렇게 못 볼 꼴을 당하고 가는지 한편으로는 이해가 되지 않았다. 책 내용이 궁금해서 글자를 더욱 배우고 싶어졌다. 야학을 나가고 싶어 지인에게 물어봤지만 어리다고 끼워 주지 않았다. 아쉬운 대로 지인이 일주일에 한 번씩 한글을 가르쳐 주기로 했다.

'무슨 일들을 꾸미고 있는 게 틀림없어.'

해인이는 자신을 끼워주지 않는 이유가 분명히 있을 거라 생각했다.

지인에게 히로토 집에서 엿들었던 미심쩍은 이야기를 들려주자 먹던 숟가락을 격하게 내려놓고 밖으로 나갔다. 그 후로 지인은 더 자주 집을 비우고 바빠졌다. 언니가 바빠지니 해인이의 불안감은 커졌다. 히로토 집에 모였던 셋이 또 뭔가 안 좋은 일을 꾸밀 것 같았다.

'제가 잘 감시하겠습니다.'

오재수가 야마다에게 했던 말이 내내 걸렸다. 오재수가 뭔가 냄새를 맡기 위해 코끝에 힘을 주고 쿵쿵거리며 다니는지도 몰랐다. 올레길에 가벼운 발자국 소리가 들려 살피니, 돌담 위로 보송한 히로토의 머리통이 보였다. 다행히 참견쟁이 엄마는 없었다.

"어서 오라게."

해인이 말하자 히로토가 대문으로 성큼 들어왔다. 전처럼 쭈뼛거리는 모양새는 아니었다.

"지잉이 누나 사람들 앞에 말해. 사람들 많이 모, 모여 있어."

더듬는 버릇은 여전했지만, 그새 히로토의 조선말이 많이 늘었다. 보통학교에 조선어 시간이 있기 때문이었다.

"정말? 그럼 재남 오라방, 순애 언니도 이시니?"

히로토가 고개를 주억거렸다.

"넌 어떻게 알았시니?"

"아빠랑 오재수 하는 말 드러써. 오재수 야마다 형사 데리러 가써."

"얼른 가서 전해야겠네. 달아나라고."

해인이는 주전부리 삼아 먹던 미역귀를 마저 씹으며 급하게 신을 신었다. 해인이와 히로토는 숨이 차 명치끝이 아플 정도로 힘껏 뛰었다. 하도보통학교는 해안가에서 꽤 떨어진 언덕에 있다. 별방진도 지나고 옹기종기 모여 있는 마을을 지나야 나온다. 가는 길이 경사져 숨이 찼다. 게다가 얼마 전에 바꾼 새 짚신이 발뒤꿈치를 물어서 빨리 뛰는 게 쉽지 않았다. 히로토는 더 더뎠다. 해인이는 앞서 뛰어가다 한 번씩 뒤를 돌아보며 히로토를 기다렸다. 별방진 너머 하도항 근처로 자전거 한 대가 들어오는 게 보였다. 연한 노란빛 제복을 입은 야마다 형사가 틀림없었다. 바로 뒤에 오재수가 쫄레쫄레 뒤따르고 있었다.

"히로토, 나 먼저 갈게. 넌 천천히 오라게."

해인이는 그 말을 하고 짚신을 벗어 손에 쥐고 뛰었다. 숨이 차서 주저앉고 싶을 때마다 언니가 야마다 형사에게 질질 끌려가는 상상을 하며 힘을 냈다. 히로토 말대로 지인이는 학교 운동장 연단 위에 있었다. 사람들이 언니의 말을 호기심 가득한 눈빛으로 듣고 있었다. 대부분 나이 지긋한 노인들이었고, 중간중간 아이들이 몇 명 끼어 있었다.

"일본 사람들에게 나라를 빼앗기고 압박을 받는 것은 우리가 까막눈이고 무지하기 때문입니다. 저들에게 속아 넘어가지 않으려면 글을 깨우쳐야 합니다!! 저들의 압박에서 벗어나려면 생각을 깨우쳐야 합니다!!"

듣는 사람들의 반응은 다 제각각이었다. 고개를 끄덕이는 사람, 박수를 치는 사람, 옆 사람과 수군거리는 사람, 사람들의 다양한 반응만큼이나 해인이의 생각도 복잡하게 엉켰다. 부끄럽기도 하고 걱정도 되었지만, 뭔가 속에서 뜨거운 것이 울컥 올라왔다.

"아니, 아랫집 고기상이 큰딸이네. 저년이 죽은 지 아버지 욕을 다 먹이네. 저년을 데려가 좀 때려야겠다!"

큰 목소리로 눈길을 끈 사람은 반백 머리에 지팡이를 든 노인이었다. 그는 해인이 윗집에 사는 김씨 할아버지였다. 김씨 말에 동조하는 사람들이 와글와글 시끄러웠다. 해인이는 사람들이 지인이를 끌어내려 때리기라도 할까 봐 조마조마했다. 재빨리 연단으로 가서 몸을 피하라고 말해야 했다. 하지만 해인이보다 한발 빠르게 연단으로 뛰어 올라가는 청년이 있었다. 자세히 보니 재남이었다. 재남은 좀 전에 지인이를 나무랐던 노인에게 힘 있는 목소리로 물었다.

"어르신, 우리 현실을 알기나 합니까? 언제까지 글을 몰라 눈 뜨고 당하고만 있을 겁니까? 그런 태도 때문에 우리가 일본에게 나라를 빼앗기고 압박받는 겁니다. 이 고통은 당신 아들, 손주에게 고스란히 넘어갈 거예요. 그래도 좋습니까?"

재남의 말을 듣고 웅성거리던 사람들이 조용해졌다. 재남이는 다시 연단 밑으로 내려갔다. 해인이는 야마다 형사가 오는 시간을 계산해 보았다. 하도항에서 학교로 오는 길은 가파른 길이라서 자전거를 끌고 걸어와야 한다. 어쩌면 자전거를 놓고 뛰어오고 있을지도 모르겠다.

"해인아, 무슨 일이야? 맨발로 뛰어온 거야?"

재남이 해인이를 제일 먼저 알아보고 물었다. 순애와 덕순, 야학을 가르치는 문도배 선생도 해인이 옆으로 다가왔다. 지인이는 잠깐 멈췄던 연설을 이어서 했다.

"해녀 회장이 의문의 죽음을 당했습니다. 사고로 죽었다고 결론났지만 의문점이 한둘이 아닙니다. 물질 잘하는 우도댁이 진짜 물에 빠져 죽었을까요? 그에 대해 긴말은 하지 않겠습니다. 가만히 있으면 우리는 계속 해산물을 똥값에 팔아야 해요. 억울한 죽음과 연결될 수 있고요. 더 이상 억울하게 당하지 않으려면 꼭 글을 깨우쳐야 합니다!!"

"거참, 말 시원하게 잘하네."

대부분 지인이의 말에 동조하는 표정이었다. 간간이 박수 치는 사람들도 있었다. 잠깐 조용해진 틈을 타 해인이가 소리쳤다.

"언니, 내려 오라게! 칼 든 야마다 형사가 오고 있어!"

"저항은 우리를 더욱 자유롭고 인간적으로 만들어 줄 겁니다!!"

지인은 그 말을 할 때 문도배 선생을 잠깐 보았다. 그리고 급하게 연단을 내려왔다.

"해인아, 나중에 집에서 보자."

지인은 같이 움직이는 사람들과 학교 뒷문으로 빠져나갔다.

히로토가 땀을 뻘뻘 흘리며 운동장으로 들어서는 모습이 보였다. 잠깐 멈춰 숨을 고르며 좌우를 살피고 있었다. 해인이는 손을 번쩍 들어 올렸다. 히로토가 금방 해인이를 알아보았다. 해인이는 자신이 맨발이라는 걸 떠올리고 손에 들고 있던 짚신을 다시 신었다. 여전히 뒤꿈치가 쓰라렸다.

"고지인, 어디 갔어? 주재소에 신고는 하고 연단에 선 거야? 우라질!"

오재수 목소리였다. 옆에는 잔뜩 얼굴을 찌푸린 야마다가 서 있었다. 자전거는 보이지 않았다. 지인이 일행이 충분히 몸을 피하고도 남을 시간이었다. 오재수를 보자 혀를 끌끌 차던 사람들은 뒤에 오는 야마다를 보고 급히 자리를 떴다. 그가 찬 칼과 총 때문이었다. 결국 운동장에는 오재수와 야마다 형사만 남았다. 오재수는 야마다 눈치를 보느라 학교 곳곳을 바쁘게 뛰어다녔다.

"쥐새끼 같은 녀석들, 그새 달아났어!"

오재수가 진짜 분한 것처럼 주먹을 꽉 움켜쥐고, 발까지 쿵쿵 굴렀다. 바닥에서 먼지가 폴폴 올라왔다. 야마다는 먼지를 손으로 쫓으며 오만상을 썼다. 해인이는 언니가 걱정되었지만 오재수와 야마다가 더 무서웠다. 그들과 마주치지 않으려고 재빨리 운동장을 빠져나갔다. 사람들이 잘 다니지 않는 보리밭 길로 들어섰다. 하도항이 아닌 토끼섬 쪽으로 가는 지름길이었다. 뒤따라오던 히로토가 물었다.

"지잉이 누나 다, 달아났어?"

"히로토 고마워. 네 덕분에 우리 언니가 무사히 몸을 피했어."

해인이는 발이 아파서 돌담에 앉아 짚신을 벗고 쉬었다.

"피, 피다."

히로토가 해인이 뒤꿈치를 가리키며 얼굴을 찌푸렸다.

"괜찮아. 언니를 구했으니까."

해인이는 아무렇지 않은 듯 신발을 신고 절룩거리며 걸었다. 히로토는 아무 말 없이 멀뚱히 서 있었다. 바람결에 향긋한 꽃내음이 났다. 해인이가 가려다 말고 뒤돌아서며 물었다.

"너 혹시 이 향기 어디서 나는 건지 알아?"

히로토가 고개를 저었다.

"조오기 토끼섬에 많이 피어 있는 문주란 꽃향기야. 천 리까지

향이 난다고 하여 천리향이라고도 불러. 그래서 문주란 꽃말이 '어
디로든 멀리'야. 꽃말이 마음에 들어. 어디로든 멀리 간다니 말이야."

해인이 두 손을 모으고 눈을 감았다.

"나도 문주란꽃처럼 어디로든 멀리 갈 수 있겠지?"

해인이는 숨을 최대한 깊이 들이마셨다.

히로토도 콧구멍을 벌렁거리며 은은히 퍼지는 꽃향기를 맡았다.
그리고 해인이가 한 말을 나직이 되뇌어 보았다.

"어디로든 멀리."

# 세이코 상

가을이면 논, 밭의 곡식들이 영글 듯 바닷속 소라와 전복에도 통통한 살이 올랐다.

시월 중순이면 밭곡식 추수가 시작된다. 조 이삭은 태풍의 피해를 입어 수확이 적었다. 추수를 끝내면 밭에 거름을 내고 보리갈이를 했다. 하도리 해녀들은 밭일이 끝나기 무섭게 또 물질을 하러 바다로 갔다. 하도리는 농사지을 수 있는 땅이 넉넉했고, 해산물을 수확하는 바다 면적도 넓었다. 악랄하게 빼앗아 가는 사람이 없다면 더할 나위 없이 풍요로운 동네였다.

해인이는 히로토 집에 가려고 항구와 별방진 사잇길로 걸어가고 있었다. 사람 기척이 들려 슬쩍 다가가니 지인과 순애가 있었다. 둘은 안쪽 돌담에 기대앉아 도란도란 이야기를 나누는 중이었다.

"나 재남이가 자꾸 좋아져. 그 애의 웃는 얼굴을 보면 내 마음이 하영 환해져. 반대로 우울한 눈빛을 하고 있으면 한숨이 절로 나오고 말이야. 어쩜 재남이는 형부랑 그렇게 딴판일까."

"재남이랑 사돈 간인데 좋아해도 괜찮은 거야? 춘애 언니는 알고 이시니?"

"언니가 알면 미쳤다고 하겠지. 언니는 오씨의 오자만 들어도 치가 떨린대. 그래서 오이도 안 먹어. 너는 어떻게 됐어? 고백은……."

언니가 누군가 좋아하는 게 틀림없었다. 다행히 연애하는 건 아닌 것 같았다. 순애가 뭔가 계속 이야기를 했지만 다음 이야기는 귀에 들어오지 않았다.

'설마 둘 다 재남 오빠를 좋아하는 거? 다들 멋진 건 알아서…….

경 해도 두 여자가 한 남자를 좋아하는 건 좀 심한 거 아님?'

해인이는 복잡하게 얽힌 덩굴들처럼 꼬이고 꼬인 관계가 싫었다.

'아, 내가 마음을 접어야겠쿠마.'

재남이 좀 멋지긴 했지만 누구나 관심 있는 그런 남자를 좋아하긴 싫었다.

지인과 순애는 물질 도구를 가지고 바닷가 쪽으로 갔다. 이미 해녀 삼촌들 몇 명이 테왁을 띄우고 물질을 하고 있었다. 지인과 순애도 금세 한 무리가 되어 물속으로 들어갔다. 둘이 사라진 자리에는 머리통만 한 테왁 두 개가 동동 떠 있었다. 한번 물질을 시작하면 서너 시간 계속되었다. 잠깐 숨을 내뱉기 위해 나오는 게 다였다.

호이이, 호이이.

해녀들이 숨을 내뱉는 숨비소리가 여기저기서 들렸다. 하늘이 맑고 바람이 잠든 고요한 날에는 유독 더 새소리처럼 맑게 울렸다.

'난 평생 저 소리를 못 내겠지.'

그 생각을 하니 좀 울적해졌다. 해인은 달리기 시작했다. 비슷한 풍경이지만 바다도 돌담도 구름도 휙휙 지나가는 게 좋았다. 무엇보다 뛸 때는 잡념이 사라졌다. 배고픔과 걱정도 잊게 된다. 이마에 송글송글 땀이 맺혔다.

히로토네 집이 보이는 곳부터는 천천히 주변을 살피며 걸어갔다. 히로토가 해인에게 일본 그림책을 읽어주면서 해인이도 제법 떠듬떠듬 일본어를 읽게 되었다. 해인은 일본어로 된 그림책을 좋아했다. 특히 '신데렐라'와 '헨젤과 그레텔' 이야기는 읽고 또 읽어도 질리지 않았다. 일본어를 조금씩 알게 되면서 선물로 받은 책 '첼로 켜는 고슈'를 읽는 재미도 쏠쏠했다. 그림만 볼 때보다 몇 배로 재미있었다.

"해인이가 아주 똘똘하구나. 그새 일본어 실력이 많이 늘었어."

해인이는 세이코 상의 칭찬이 부끄러웠다.

"그런데 해인이 너 한글은 쓸 줄 아니?"

해인이는 의외의 질문을 받고 세이코 상을 빤히 보았다. 언니한테 아주 조금씩 배우고는 있지만 자랑할 만한 수준은 아니라서 고개를 저었다.

"해인이가 똑똑해서 한글 정도는 깨우쳤는지 알았어. 해인이는 황국신민이 될 자격이 충분히 있구나."

해인은 황국신민이란 말에 숨이 턱 막히고 심장이 빠르게 뛰었다. 처음에는 잘못 들은 줄 알았다. 하지만 세이코 상은 비슷한 이야기를 계속 이어갔다.

"일본이 조선인을 황국신민으로 인정하는 건 같은 민족으로 품으려는 너그러운 마음이야. 해인이가 미야자와 겐지 일본 작품을 읽어 봐서 알 거야. 힘없는 동물들까지도 따뜻하게 묘사했잖아. 일본어를 익히고 일본 문화를 접하는 일은 중요하단다. 진정한 황국신민이 되면 힘없고 가난한 조선인들에게 많은 도움이 될 거야."

적어도 세이코 상은 다른 일본인과 다르게 조선인 그대로를 인정해 줄 거라 믿었다. '나라를 잃었어도 조국의 말과 글을 익히는 건 중요하다.'라고 말할 줄 알았다. 갑자기 히로토네 집에 머무는 게 거북스러웠다. 세이코 상은 노트 한 권을 주며 해인이를 위하는 것처럼 말했다.

"이건 히로토 주려던 노트인데 네가 쓰렴. 학교에 다니지 않으니 틈틈이 일본어 공부를 해 두면 좋을 거야. 지난번에 준 동화책을 따라 써도 좋고 말이야."

해인이 심장은 쿵쾅쿵쾅 빨리 뛰었지만 세이코 상은 변함없이 침착하고 친절한 목소리였다.

"아줌마는 제가 조선인인데 싫지 않으세요? 우리 엄마, 언니는……, 아니 조선인들은 일본인들을 마음속으로는 싫어하는데……."

해인이는 세이코 상의 진짜 마음이 궁금해서 에두르는 말로 물어보았다. 세이코 상은 벙긋 웃으며 대답했다.

"조선인들이 일본을 마음속으로 싫어하는 건 어쩜 당연한 거야. 히로토 아빠가 조선에 와서 살고 싶어 하셨어. 물론 일본인들의 삶도 그리 넉넉하지는 않아. 조선에 와서 우리가 혜택을 받은 건 사실이야. 언젠가는 조선인들도 우리를 좋아할 거라고 생각해. 몸에 밴 습관이나 문화를 하루아침에 바꿀 수는 없으니까."

'곧 죽어도 일본이 최고라 마씸?'

해인이는 속으로 생각했다. 언니 말로는 히로토 아버지가 바닷가 어장을 싹쓸이해서 전복과 소라가 확 줄었다고 했다. 게다가 해녀들이 목숨 걸고 캔 해산물을 싼 가격에 사들여 자신이 이득을 보았다. 세이코 상은 남편인 하라 상이 해녀들에게 어떤 피해를 입히는지 알지 못했다. 아니 알면서 모르는 척 할 수도 있다.

'세이코 상을 나쁜 사람이라고 말해야 하나?'

해인이는 머리가 복잡했다. 히로토는 좋은 사람, 하라 상은 나쁜 사람, 세이코 상은 그 둘의 중간쯤이라 생각하면 될까? 그래도 그들은 식구이며 일본 사람인데……. 생각이 뒤죽박죽 뒤엉켰다.

해인은 일본 그림책을 읽고 일본어를 따라 쓰며 시간 가는 줄 몰랐다. 특히 세이코 상이 챙겨주는 감자 고로케를 먹는 시간은 늘 꿀처럼 달콤했다. 꿀 안의 찐득함이 신경 쓰이기도 했지만 맛있는 음식 앞에서는 무기 빼앗긴 병사처럼 늘 굴복하고 말았다.

"해인아, 이리 와 보렴."

세이코 상이 해인이를 불렀다. 손에 보물상자 같은 것이 들려 있었다. 상자를 여니 예쁜 머리핀이 여러 개 들어 있었다. 보석처럼 반짝이는 알이 박힌 것도 있고, 색색이 리본이 달려 있는 핀도 있었다.

"나중에 일본에 있는 조카 주려고 모아둔 거야. 혹시 네가 갖고 싶은 게 있으면 한 개 고르렴."

해인은 마음과 다르게 선뜻 손이 가지 않았다.

"정말 가져도 되나요?"

세이코 상이 웃으며 고개를 끄덕였다. 해인은 보석이 달린 긴 핀을 고르고 싶었지만, 너무 좋은 걸 고르면 실례가 될까 봐 빨간 장미 모양의 작은 핀을 골랐다.

"오, 해인이 안목이 제법이구나."

세이코 상은 흡족하게 웃으며 해인이가 고른 핀을 머리에 꽂아 주었다. 해인이의 모습을 보고 히로토가 환하게 웃으며 말했다.

"와, 해잉이 머리에 자, 장미 핀 거 같다."

그 말에 모두 깔깔거리며 웃었다.

"그런데 아줌마는 저한테 왜 이렇게 잘해 줘요?"

해인이 불쑥 물었다.

"그건 해인이가 마음에 드니까 그렇지. 원래 사람은 자신을 좋아하는 사람에게 끌리는 법이거든. 너도 이 아줌마를 좋아하잖아. 그지?"

해인이 대답을 하지 못하고 우물쭈물하자 세이코 상은 입을 가리고 웃었다. 친근해 보이는 덧니가 보이지 않았다.

해인은 장미 핀을 머리에 꽂고 집으로 향했다. 손에는 그림책 한 권이 들려 있었다. 세이코 상이 집에 갈 때 읽고 싶은 책을 한 권씩 빌려 가도 좋다고 했다. 밖은 잔뜩 흐린 날씨였다. 비가 오려는지 보리갈이를 하려고 밭에 쌓아놓은 돼지거름 냄새가 바람결에 솔솔 풍겨왔다.

# 제주 해녀 부순애

해인은 물질에 관심이 없었지만, 언니와 엄마가 그날그날 물질해서 뭘 잡았는지는 늘 궁금했다. 운이 좋아 수확이 괜찮은 날에는 자잘한 전복이나 문어를 팔지 않고 먹었다. 그런 날에는 오랜만에 온 가족이 부족한 영양을 조금 보충할 수 있었다.

해인이 불턱 가까이 가자 물질을 끝낸 동네 해녀들이 한참 이야기보따리를 풀어 놓고 있었다. 모두 하얀 홑적삼에 아랫도리는 허벅지가 보이는 까만 소중이를 입고 있었다.

"일본으로 물질 다녀온 올케한테 들어신디, 일본인들은 부부가 같이 물질을 한대. 그런데 여자들은 가슴을 다 내놓고 하고, 남자들도 아래에 훈도시라는 손바닥만 한 헝겊으로 중요한 부분을 겨우 가린다는데 다들 들어시냐?"

"어머, 망측해라. 물질하다 헝겊 조각이 훌렁 벗겨지면 어떵할 거?"

종미의 말에 모두들 깔깔거리며 웃었다. 발을 구르거나 손뼉을 치며 웃는 이도 있었다.

"와, 근데 지인이 오늘 정말 운이 좋쿠마. 손바닥만 한 전복 따기도 힘든데, 진주까지 들어 있잖어. 옛날 같으면 임금님한테 진상해야 되는 거 아니시니? 나도 진주 들어 있는 전복 따고 싶다게."

순애의 눈에 부러움이 가득했다.

"나도 진주는 처음이라게. 결혼할 때 목걸이 만들어서 예물로 쓸까?"

지인이 보통 때랑 다르게 한껏 부푼 표정으로 말하자, 해녀들이 동시에 까르르 웃었다.

"너 혹시 마음에 드는 남자라도 있언? 얌전한 고양이 부뚜막에 먼저 올라간다더니."

희숙의 말에 또 한바탕 웃었다.

"그나저나 이층집 하라 놈이 온 후로는 물질이 더 녹록지 않어. 배가 한번 지나가면 씨알만 한 소라까지 싹 쓸어가니 말이지. 게다가 그놈이 해산물 가격을 똥값으로 매겨서 물질할 맛이 안 나쿠마. 그 일본 놈한테 아들도 하나 있다지? 이름이 히로토라고 했나?"

"지인이 동생 해인이가 요즘 자주 어울려 노는 그 남자애?"

순애가 지인이를 힐끗 보았다. 지인은 구덕에서 자고 있는 미영의

젖먹이 딸 머리를 쓰다듬으며 꿀 먹은 벙어리처럼 가만있었다.

"그나저나 지인이가 사람들 앞에서 그렇게 연설을 잘할 줄 몰랐어. 내 속이 후련했다니까."

"야, 근데 야마다가 끝나자마자 들이닥쳤다며? 지인이 조심해야 되는 거 아니시니? 사실 말을 안 해서 그렇지 다음 차례가 누구일지 불안불안해."

"그러게. 뭔가 일이 터질 것 같아 조마조마해."

"그날 해인이가 맨발로 뛰어와 알려줬다며? 해인이 아니면 큰일 날 뻔 햄서."

"그러게 말이야. 해인이가 물질은 못해도 하도리에서 달리기는 가장 빠르니께."

그 말에 일제히 깔깔깔 웃었다. 해인이는 괜히 자신이 웃음거리가 된 것 같아 기분이 좋지 않았다.

"전에 문도배 선생님이 발이 빠른 사람이 필요하다고 하지 않안?"

"엥, 근데 저 돌담 뒤에 해인이 아니지게?"

그 말에 해녀들 모두 돌담 뒤 해인을 보았다.

"해인아, 너 언제 와시니?"

"나 이제 갈 거게."

해인은 입을 삐죽거리며 급히 그곳을 빠져나왔다.

"지인아, 네가 해인이 따끔하게 타일러. 언니는 야학 다니며 일본이 어떻게 우리의 피를 빨아 먹는지 배우러 다니는데, 동생은 일본 놈 자식이랑 어울려 다닌다는 게 말이 돼?"

종미의 목소리가 뒤에서 들렸다.

해인은 갯가에 핀 이름 모를 노란 꽃을 똑 따서 물가에 휙 날려 버렸다. 꽃이 바람개비처럼 빙글빙글 돌며 떠내려갔다.

"그나저나 문도배 선생님 소식은 들언? 우리 다음 모임은 언제 지?"

해인은 불턱에서 점점 멀어지고 있었다.

'칫. 오죽하면 일본 남자애랑 어울릴까?'

다음날, 테왁 망사리를 든 순애가 아침부터 찾아왔다.

"지인아, 물질 가자."

"순애야, 아침부터 무사?"

"꿈에 내가 커다란 전복을 땄는데, 그 속에 예쁜 진주가 들어있지 뭐니?"

순애가 약간 상기된 목소리로 말했다.

"그거 자랑하려고 아침부터 온 거?"

"얼른 물질하고 싶어 온몸이 근질근질했어, 하하. 그렇기도 하고 오후에 날이 궂을 것 같아서. 일본 놈들이 비올 때 잡는 전복은 쳐 주지 않잖아. 비 오기 전에 얼른 잡아야지."

"그렇긴 핸. 전복이 비맛을 알아서 슬금슬금 기어 나오면 얼마나 신나는데. 그 행복을 빼앗아 갔어. 정말 못된 놈들이야! 해녀들이 쉽게 전복 잡는 꼴을 못 보겠다는 거잖아."

순애의 말에 지인이가 속상해 했다.

"그래, 나도 얼른 준비할 테니 기다려."

하늘을 보니 오후에 비가 온다는 것이 믿기지 않을 만큼 맑았다. 북쪽에서 불어오는 하늬바람에 파도가 잔잔히 일렁였다.

"언니, 그새 진주는 어디 꼭꼭 숨겨 놨?"

해인이 입을 삐죽거리며 물었다.

"그건 비밀이야. 소중하니까 잘 보관해야지."

"해인이, 너도 진주 탐나는구나. 언니랑 같이 물질하러 갈 거?"

순애 말에 해인이는 '칫'하며 자리를 피했다. 구덕을 챙기기 위해서였다. 해안가에서 집게를 잡으며 오랜만에 언니들이 물질하는 걸 구경할 생각이었다. 진짜 순애가 꿈속에서처럼 진주가 들어있는 전복을 잡게 될까 궁금하기도 했다.

순애가 해안가로 가는 길에 노래를 부르기 시작했다. 배를 타고 물질하는 장소로 이동할 때 해녀들이 다 함께 부르는 노래였다. 이내 지인이도 따라 불렀다.


혼백상자 등에다 지고
가슴 앞에 두렁박 차고
한 손에 빗창을 쥐고
한 손에 낫을 쥐고

한 길 두 길 깊은 물속

허위적허위적 들어간다.


"순애야, 너 전복 따는 거 너무 욕심내면 위험하니까 살살핸."

지인이가 반복되는 후렴구를 부르다 말고 멈춰 서 순애에게 말했다. 지난 삼월 영등제 때 심방이 순애에게 했던 말이 떠오른 것이다.

"흐흐, 내가 너보다 더 큰 진주라도 잡을까 봐 미리 샘나서 그런 거?"

"설마. 네가 걱정돼서 그래."

'올해는 복이 되는 것이 되레 화를 가져올 수도 있으니 조심해.'

해인이도 또렷하게 기억하는 심방의 말을 순애는 까먹은 모양이었다. 해녀들은 여러 명이 함께 모여 작업을 했다. 갑작스런 사고를 예방하기 위해서였다. 해인이는 두어 시간 물질하는 걸 지켜보다 히로토네 집으로 갔다. 전처럼 언니를 기다리는 일이 재미있지 않았다.

히로토네 집에서 그림책을 읽던 중, 순애가 물질하다 사고를 당했다는 소식을 들었다. 진주가 있는 커다란 전복 따는 꿈을 꿨다며 좋아하던 순애가 떠올랐다. 해인이는 급하게 순애집으로 달려갔다.

춘애는 동생의 죽음이 믿기지 않는지 울지도 않고 멍하게 앉아 있었다. 지난밤에도 오재수에게 맞았는지 왼쪽 눈두덩이가 시퍼렇

게 부어 있었다.

"순애야, 이렇게 갑자기 가버리면 언니는 어떻게 살아시니?"

춘애는 동생을 원망하는 듯한 말을 내뱉었다.

지인이는 꿈이었으면 좋겠다는 생각을 했는지 자신의 허벅지를 꼬집어 보았다. 해인이는 그 허벅지의 아픔이 고스란히 느껴지는 것 같아 가슴이 뻐근했다.

지인이 큰 문어를 잡아 망사리에 넣으려고 올라왔는데, 순애는 보이지 않고 테왁만 동동 떠 있었다고 했다. 그다음에도 마찬가지였다. 그제서야 지인은 순애에게 무슨 일이 일어났음 깨닫고 다른 해녀들에게 알렸다. 물질 잘하는 상군 해녀들이 물속에 들어갔을 때, 순애는 바위 틈에 손이 끼인 채 이미 숨을 쉬지 않는 상태였다.

"처음부터 의심을 했더라면 순애는 살았을 텐데……."

지인은 순애의 죽음이 자신 탓이라며 울었다. 언니가 힘들어하는 모습을 보니 해인이도 저절로 눈물이 났다.

지인이와 순애는 어릴 때부터 한 몸처럼 붙어 다닌 친구였다. 함께 물질도 배우고, 서로의 고민을 나누고, 야학을 함께 다녔다. 지인은 손에 쥐고 있던 물건을 순애의 살짝 벌어진 입에 넣었다. 진주였다. 물질하던 해녀가 저승 갈 때 물고 가면 천국으로 간다는 옛말이 있었다.

"지인아, 그건 진주 아니니? 그 귀한 걸……, 흑흑흑."

참았던 춘애의 눈물보가 터졌다.

"순애야, 내가 딴 전복에서 진주 나왔다고 부러워했잖아. 오늘 진주 들어있는 전복 따다 그러핸? 다음 생에는 해녀로 태어나지 말고 차라리 소로 태어나렴."

차라리 소로 태어나라는 말은 평생 밭일만 하다 가는 소보다도 해녀의 삶이 힘들다는 뜻이었다. 지인의 말에 마당에 있던 사람들이 모두 울었다. 퐁낭 아래에 서 있는 재남이도 우는지 고개를 푹 숙이고 있었다.

"바보, 재남이한테 고백도 한 번 못하고 가는구나."

지인이 낮게 속삭였다.

해인은 해인이대로 머릿속이 복잡했다. 혹시 자신의 나쁜 마음 때문에 순애가 잘못된 건 아닐까 겁이 났다. 재남이를 좋아한다고 흉봤던 일이 마음에 걸렸다.

순애가 갑작스레 죽고, 지인은 더 자주 집을 비웠다. 보란 듯이 당당하게 공부를 하러 다녔다. 어떤 날은 슬퍼 보였고, 어떤 날은 화가 단단히 나 있었다. 해인이는 언니 눈치를 보느라 야학에 따라가고 싶어도 가지 못했다. 엄마도 별다른 잔소리를 하지 않았다. 지인이 감정을 건드리지 않으려고 조심했다.

"사람이 슬프면 눈에 뵈는 게 없는 거여. 그냥 내버려 둬야지. 험한 일 당하고 보니 그냥 건강하게 살아있는 것만으로도 다행이라게. 암, 그렇고말고."

엄마는 방구들이 꺼질 것처럼 길게 한숨을 쉬었다.

# 해녀조합 서기 오재수

해녀들은 겨울에도 물질을 했다. 점심을 먹은 후 해가 나오는 두세 시는 따스했다. 서너 시간 물질을 한 해녀들은 집에 가서 옷을 갈아입은 후, 마을 정자에 모였다. 동생을 잃은 춘애를 위로하기 위해서였다. 해녀들은 각자 집에서 먹을거리를 조금씩 챙겨 왔다. 전복 말린 것, 미역, 톳, 조, 양은 많지 않았지만, 양식이 귀한 겨울에는 모두 값진 것들이었다. 춘애는 이웃들의 마음 씀씀이에 감동하여 눈물이 났다. 두어 살 많은 희숙이 춘애의 어깨를 토닥였다.

해인이도 히로토와 정자 한 귀퉁이에 자리 잡고 앉았다. 둘은 점점 숟가락과 젓가락처럼 붙어 다녔다. 연정이 엄마 희숙이 히로토를 보고 한마디 했다.

"너희 엄마가 해인이 그림책을 빌려주시고 공부하라고 귀한 종이도 주신다며? 정말 보기 드문 일본 사람이다."

지인이 이야기했나 보았다. 그래서인지 해녀들이 히로토를 보는 눈이 고와졌다. 해인은 언니한테 차마 히로토 엄마가 조선인들이 황국신민이 되길 원한다는 말을 하지 못했다. 솔직히 말하면 히로토네 집에 가는 것도 히로토를 만나는 것도 마땅찮게 생각할 게 뻔했다.

"하도리 해녀들이 아주 싹 다 모였네! 어머, 해인이랑 히로토도 놀러 왔구나."

누군가 훈훈한 분위기에 찬물을 끼얹었다. 바로 춘애 남편 오재수였다. 웬일로 술 냄새는 나지 않았다. 헌 옷이지만 말끔한 양복을 입고, 처음 보는 낡은 가죽 가방을 들고 있었다.

"아니, 귀하신 조합원 서기께서 여기까지 웬 행차실까?"

덕순이 비아냥거리는 투로 말했다. 어쩐 일인지 오재수는 덕순의 말을 넉살 좋은 웃음으로 되받아쳤다.

"왜 아무 일 없이 나왔겠습니까? 볼일 보러 왔지. 올해가 얼마 남지 않았는데, 아직 조합비 안 낸 해녀들이 여럿 있어서 일부러 오게 되었는데……, 하하. 마침 연정 엄마, 지인, 다 있네."

갑자기 정자에 있던 해녀들이 긴장했는지 조용해졌다. 침묵을 깬 건 연정 엄마인 희숙이었다. 오재수는 희숙의 남편인 현호와 소학교 동창으로 서로의 발뒤꿈치만 보여도 인상을 쓰는 사이였다.

"아니, 난 이미 조합비를 진작에 냈는데 왜 연정 엄마인 나를 들먹이시오?"

"아, 연정 엄마야 조합비를 냈지만 여기 장부를 보면 알겠지만, 연정 할머니가 안 냈지."

오재수가 노랗게 바랜 장부를 꺼내며 들이댔다. 희숙은 남편 현호의 도움으로 해녀들 중 가장 먼저 글을 깨우쳤다.

"아니, 칠십 넘은 노인이 물질을 하면 얼마나 한다고 조합비를 걷는답니까? 나라가 일본에게 넘어갔다고 같은 마을 사람에게 야박하게 굴지 맙서. 이렇게 나오면 조합에 직접 찾아가서 항의하겠소."

희숙의 똑 부러지는 말에 오재수는 움찔했다.

"요즘 현호는 잘 지내나? 그놈 뭔가 일을 꾸미는 것 같은데 몸조심하라고 일러줘요. 친구로서 걱정이 되어 하는 말이니 고깝게 듣지 마시고."

오재수는 이죽거리며 말했다.

"아니, 지난번 우도댁한테 감태값을 턱없이 싸게 매긴 것도 억울하던 참인데, 오늘 날 잘 잡았네. 스무 살이 안 된 애기 해녀들이랑 기운 없는 노인들 조합비는 왜 받는다 마씸? 해녀 보호를 못하는 해녀조합이 무슨 소용이오? 이제부터 지정 상인 하라 상에게 넘기지 않고 우리 생산품은 우리가 직접 판매하겠으니 그리 아시오. 그리고 그동안 낸 조합비는 다시 뱉어 놓으라고 조합장님께 전해 줍서."

웬만한 남자보다 덩치가 큰 덕순이 인상을 쓰며 야무지게 조목 조목 따지자 오재수는 별 대꾸도 하지 못하고 인상만 썼다. 혹 떼러 왔다가 혹 붙여 가는 꼴이 되었으니 당연했다.

"처제가 물질하다 죽은 지 며칠 되었다고 조합비를 받으러 다니시오? 순애가 비 올 때 캔 전복은 제값을 쳐주지 않으니, 비 내리기 전에 캐려고 서두르다 일을 당한 거 아니오? 그러고도 당신이 형부고 사람이오? 목숨 내놓고 물질하는 해녀들의 마음은 조금도 헤아리지 못하면서 어떻게 해녀조합 서기를 한다고 설치시오?"

지인이는 순애 이야기를 꺼낼 때 잠깐 울먹였지만 곧 앙칼진 목소리로 변했다. 조금만 건드려도 폭발할 기세였다.

"조합 측에 전하시오. 내년부터 우리가 잡은 해산물은 우리가 알아서 할 테니 일절 신경 쓰지 말라고 말이오."

희숙이도 단단히 못을 박았다.

"소라 똥 누러 간 사이에 집게가 집을 차지한다더니……, 쯧쯧."

입바른 소리 잘하는 종미도 거들었다.

"아니, 나 같은 조합 서기가 무슨 힘이 있다고 이러시나들. 나는 그냥 위에서 시키는 대로 할 뿐인데……."

오재수는 살짝 꼬리를 내렸다. 덕순은 기세를 몰아 오재수의 멱살을 잡을 듯 눈을 부라렸고 다른 해녀들이 주변을 에워쌌다. 오재수는 분위기가 험악해지자 다시 한번 머리를 조아렸다.

"난 아무것도 모르오."

하지만 고개를 돌리다 춘애와 눈이 마주쳤을 때에는 매섭게 노려보았다. 그걸 보고 비위가 상한 덕순이 큰 덩치로 빼빼 마른 오재수를 밀치며 담벼락으로 몰아세웠다.

"아니, 아무것도 모르면서 여긴 어떻게 나타났냐고? 우리들이 목숨 바쳐 따온 해산물 제멋대로 팔아 술 퍼마시고 온갖 호강 누리는 거 누가 모를 줄 알언?"

"이 가방도 우리 피와 땀이 섞여 있으니 그냥 두고 가라게!"

희숙이 앙칼진 목소리로 말했다. 오재수는 더 버티다간 큰일을 치르겠다 싶었는지 꽁지 빠지게 달아났다. 해인과 히로토는 그 모습을 지켜보다 킥킥 웃었다. 오재수가 가고 난 후, 해녀들은 동그랗게 모여 한목소리를 냈다.

"이렇게 당하고만 있을 수 없다! 행동으로 보여주자!"

유난히 보름달이 밝은 밤이었다. 밤이 깊을수록 방 문짝이 달그락거리며 문틈으로 찬바람이 들어왔다. 집 울타리 담 구멍을 통과하는 바람에 날짐승이 울부짖은 소리가 들렸다. 겨울이면 싸늘해진 날씨만큼이나 바람이 잦았고 그만큼 제주의 바다는 더욱 사나워졌다.


며칠 후, 야학을 다녀와 귓불이 빨개진 지인이 해인을 불렀다.

"해인아, 잘 들어. 내일 해 떨어지면 밤배 타고 제주 도사를 만나러 갈 거야. 일이 잘되면 오래 걸리지 않겠지만 좀 길어질 수도 있어. 내가 없는 동안 엄마 잘 부탁핸."

"언니, 그게 무슨 말? 대체 무슨 위험한 일을 꾸미는 거여? 엄마랑 나는 언니 없으면 살 수 없는 거 몰라시니?"

해인은 금방이라도 울음을 터트릴 것 같은 표정이었다.

"해인아, 너 학교 가고 싶다고 했지? 좀 늦었지만 내년부터 학교에 다녀. 엄마한테 말해 뒀어. 물론 돈도 좀 모아 두었고."

해인이를 달래려 학교 이야기부터 꺼냈지만 먹히지 않았다.

"그걸 왜 꼭 언니가 해야 해? 물질하는 다른 해녀들도 많은데……, 응?"

"순애 갑자기 보내고 더 확신이 들었어. 가만히 있으면 아무것도 얻을 수 없어. 움직이는 사람한테 봄이 오는 법이야."

지인은 낯빛이 어두워진 해인의 손을 꼭 잡으며 말했다.

"진짜 강한 사람은 어둠을 견딜 수 있는 사람이야. 해가 날 때 웃는 건 누구나 쉽게 할 수 있는 일이잖아. 해인아, 무슨 뜻인지 알지?"

해인은 눈물을 꾹 참으며 고개를 끄덕였다.

'언니가 원하는 봄이 진짜 올까?'

믿고 싶었지만 불안한 마음을 숨길 수는 없었다. 지인은 가족들이 잠든 새벽이 되어 조용히 밖으로 나갔다. 사람들 눈에 띄지 않으려고 모두 잠든 새벽을 택한 것이었다. 바람은 잦아들었지만 가늘게 비가 내렸다.

해인은 아침에 일어나 보리죽을 후루룩 마시고 자리젓을 손가락으로 꾹 한번 찍어 먹고는 집을 나섰다. 뭘 해야 할까, 뾰족한 수가 생각나지 않았다. 무심코 걷다 보니 히로토네 집으로 가는 길이었다. 히로토는 제 방에서 나무 도장을 새기는 중이었다.

"언니가 탄 배에 몰래 탈까? 아니야. 오재수한테 일러 버릴까? 그럼 뱃길로 가는 계획이 다 틀어질 텐데……."

우왕좌왕하며 해인이 혼잣말처럼 하는 말을 듣고 히로토가 말했다.

"그, 그건……, 언니를 배, 배신하는 일이잖아."

해인은 눈동자를 반짝이며 히로토의 얼굴을 빤히 들여다보았다.

"와, 히로토, 진심이야?"

"누구라도 자기 물건을 나, 남이 빼앗아 가면 그걸 지키려고 하, 하잖아. 난 아빠 마, 맘에 안 들어."

히로토는 작은 목소리지만 야무지게 말했다.

"그럼 넌 내가 황국신민이 되는 것도 별로야?"

히로토는 고민하지 않고 고개를 끄덕였다.

해인이는 씩 웃으며 히로토에게 손을 내밀었다.

"우리 세화항까지 뛰어 가보자. 내가 달리기를 잘해서 숨이 찰 수도 있어. 힘들면 내 손을 꽉 쥐어. 그럼 멈출게."

말은 그렇게 했지만 히로토가 손을 꽉 쥐기 전에 먼저 손을 놓았다. 물질이든 뜀박질이든 각자의 속도를 유지하면 된다. 속도가 다르면 어떤가. 빠른 사람이 기다려주면 된다. 앞서 뛰어가다 히로토를 기다리는 게 그리 나쁘지 않았다.

해가 지자 세화항에 사람들이 하나둘 모여들었다. 재남이도 해녀들 틈에 끼어 있었다. 서른 명 정도의 해녀들이 모였다. 대부분 하도 해녀들이었다. 얼굴이 부쩍 핼쑥해진 춘애도 있었다.

세화항에 처음 보는 발동기선이 늠름하게 서 있었다. 야학을 가르치는 선생들이 미리 손을 써 준비해 둔 것이었다.

"자, 겁먹지 말고 힘내자. 우리의 생존권이 달려 있는 문제야. 바당으로 가야 순사들의 눈을 따돌릴 수 있어. 저 검은 바다가 우리에게 희망의 빛을 열어 줄 거야."

어둠 속에서 낭랑한 목소리가 울려 퍼졌다.

해인은 지인에게 들켜 야단을 맞고 쫓겨났다. 큰일을 앞둔 지인이는 화가 많이 나 있었다.

"해인이 너, 당장 돌아가지 않으면 다시는 언니 얼굴 못 볼 줄 알아!"

해인은 언니가 그렇게 무섭게 화를 내는 걸 처음 보았다. 금방 풀이 죽어 집으로 돌아가야 했다.

그날 밤, 바다는 해녀들에게 길을 열어주지 않았다. 행원 코지를 통과할 때 거센 파도에 막혀 출발한 지 두 시간 만에 배를 돌려야 했다. 해녀들은 바닷길을 열어주지 않는 영등할망을 잠깐 원망했다. 하지만 자연에 순응하며 사는 해녀들은 바로 날을 잘못 잡았다며 미련 없이 다음을 기약했다. 조선 시대 잠깐 임금이었던 광해군이 제주로 유배 왔을 때 표류한 곳이 행원 앞바다였다. 행원은 바람 많은 북동쪽에서도 가장 바람이 세기로 유명했다. 그러니 바닷길이 열리지 않은 게 특별히 운이 나쁜 것도 아니었다. 해인은 자정 무렵 지인이 돌아오는 기척을 듣고 안도의 한숨을 내쉬었다. 그리고 오랜만에 달게 잠을 잤다.

# 숨바꼭질

해가 뜨고도 한참이 지나서 눈을 떴다. 인기척은 들리지 않고 통시에서 꿀꿀거리는 도새기 소리만 들렸다.

"나도 먹은 게 없어. 보채지 마!"

해인은 똥돼지가 있는 통시를 보며 버럭 소리를 질렀다.

해인은 물항아리 안에 있는 물을 떠서 달게 들이켠 후 하늘을 올려다보았다. 아침 안개에 가려 한라산은 물론 가까운 지미봉마저 보이지 않았다. 해인이는 엄마가 차려 놓고 간 조밥을 물에 대충 말아 먹고 집을 나섰다. 하도항에 처음 보는 발동기선이 서 있었다. 배 주변을 두리번거리며 구경하고 있는데 한 중년의 남자가 다가왔다. 모자를 쓰고, 마스크로 입을 가린 사람이었다. 낯선 남자의 등장에 해인이는 덜컥 겁이 났다.

"혹시 네가 고지인이 동생이니? 해인이라고 했나……."

남자는 수상한 옷차림과 달리 목소리와 눈빛이 부드러웠다.

'저 눈빛 익숙하다. 어디서 봤지? 아…….'

"안녕하세요? 문도배 선생님 아니우꽈?"

"그래, 알아보는구나. 길게 얘기는 못해. 이걸 오재남에게 좀 전해 주겠니? 꼭 재남에게 바로 전해야 한다!"

문도배 선생은 해인의 손에 돌돌 말린 종이를 건네주었다. 해인은 손을 뻗어 종이를 받았다. 그의 말에는 거부할 수 없는 마술 같은 힘이 있었다. 해인이는 마침 엄마가 작년에 만들어 준 갈옷을 입고 있었다. 갈옷 바지 안주머니에 종이를 넣었다.

"너한테 전해 들은 이야기가 해녀들을 결집시키는 데 큰 힘이 되었어."

"……."

"우도댁 이야기 말이다, 고맙구나. 네가 달리기를 아주 잘한다고 들었다. 오재남에게 되도록 빨리 전해 주렴. 지금 집에 있을 거야. 너의 달리기가 제주의 봄을 맞이하는 데 큰 힘을 실어줄 거야. 서둘러 주렴."

그 말을 남기고 황급히 발동기선에 올랐다. 배는 그를 태우고 급히 출발했다.

'너의 달리기가 제주의 봄을 맞이하는 데 큰 힘을 실어줄 거야.'

왠지 힘이 되는 말이었다. 야학 듣는 해녀 언니들과 동지라도 된 것처럼 두근거렸다. 하도리 동쪽 끝의 재남의 집까지 가려면 서둘러야 했다.

"야, 쥐방울!"

예감이 좋지 않았다. 살짝 곁눈질로 보니 야마다 형사였다. 해인은 못 들은 척 잽싸게 뛰어갔다. 어디 숨지 않으면 금방이라도 야마다에게 잡혀 편지를 빼앗길 수 있었다. 히로토네 집 문을 열어 보았지만 잠겨 있었다. 마침 맞은편 잡화점 안에 연정이가 있는 게 보였다. 해인이는 무슨 배짱이 생겼는지 문을 열고 안으로 들어갔다. 왠지 자신을 구원해 줄 곳이란 생각이 들었다.

"언니!"

연정이가 반가워하며 다가왔다. 유리 상은 해인이가 문을 벌컥 열고 들어오자 뭐 저런 애가 다 있냐는 표정으로 어이없어했다. 하지만 그런 유리 상의 감정 따위는 중요하지 않았다.

"연정아, 잠깐 눈 감고 있어. 언니가 숨을 테니 조금 있다 찾는 거야. 그런데 말없이 찾는 게 규칙이야. 말하면 니가 지는 거야. 아줌마도 나 찾을 때까지 내 얘기는 입도 뻥긋하면 안 돼요!"

연정이는 갑자기 얼굴에 화색이 돌았다. 해인이가 자신과 놀아주니 기분이 좋아진 것이다.

"좋아, 언니! 유리 짱도 약속 지켜줘."

유리 상은 얼떨결에 고개를 끄덕였다. 연정이는 바로 눈을 감고 열을 셌다. 해인은 얼른 창가 커튼 뒤로 숨었다.

120

그때 잡화점 문이 요란하게 딸랑거리며 야마다가 들어왔다.

"여기 조선인 계집애 안 들어왔어?"

"무슨 말이에요? 연정이 놀라니까 얼른 나가요."

연정이는 야마다의 칼만 보면 무섭다고 울었다. 아니나 다를까 연정이는 유리 상 뒤에 숨어 입을 삐죽거리며 금방이라도 울음을 터트릴 것 같았다. 야마다가 잡화점을 살피려고 하자, 유리 상은 야마다의 등을 떠밀었다.

"어서 나가요! 연정이 울면 어쩌려고 그래요?"

이곳저곳 의심스런 눈길로 훑던 야마다는 유리 상의 성화에 못 이겨 겨우 밖으로 나갔다. 야마다가 나가고 한참이 지나도록 해인은 커튼 뒤에서 꼼짝하지 않았다. 연정이는 화장실, 재봉틀 밑, 장롱 안을 샅샅이 찾아도 해인이가 보이지 않자 울먹거리며 말했다.

"해인 언니야, 못 찾겠다 꾀꼬리!"

해인이가 커튼에서 나오며 외쳤다.

"짜잔!"

연정이의 표정이 환해졌다.

"야, 너 꼬맹이! 대체 무슨 못된 일을 저지른 거야? 내가 우리 연정이 봐서 한번 봐준 거다. 아니면 넌 국물도 없었어."

"고마워요. 오늘 엄청 예뻐 보이시네요."

"뭐? 어머머."

유리 상의 목소리가 부드러워지고 톤이 올라갔다.

"연정아, 언니가 오늘은 좀 바빠서 가봐야 해. 다음에 또 놀자. 미안."

연정이는 울지는 않았지만 시무룩해졌다.

유리 상은 해인이 뒤 꽁지를 보며 궁싯거렸다.

"저 조센징 기집애 대체 무슨 꿍꿍이야."

그러면서 싱글벙글 연신 거울을 들여다보았다.

해인은 잡화점을 나서면서 바지 속 주머니에 물건이 잘 들어 있는지 다시 한번 확인했다. 주머니 안의 둥글게 말린 종이가 만져졌다. 주변에 사람이 있는지 살피고 조심스레 발걸음을 옮겼다. 야마다는 그새 어디로 간 걸까. 긴장해서인지 이마에 식은땀이 났다. 머릿속으로 재남이네 집까지 가는 길을 그려 보았다. 어디로 가는 게 제일 빠른 길일까? 문득 빨리 가는 지름길이 떠올랐다.

"야, 쥐방울! 너 어디 있다 나왔어?"

올레 돌담 뒤에서 불쑥 안경 쓴 야마다가 나왔다.

해인이는 일단 큰길로 나가 잽싸게 뛰었다. 바다에서는 개 헤엄치는 수준이지만 땅 위에서는 누구보다도 빨리 달릴 수 있다. 자전거 없이 발로 다니는 야마다라면 쉽게 따돌릴 자신이 있었다.

"너 대체 뭐가 찔려서 도망가는 거야. 거기 서!"

야마다는 쉽게 포기하지 않고 끈질기게 따라왔다.

해인이는 퐁낭이 있는 삼거리 아래에 아무도 살지 않는 빈집이 있다는 걸 기억해 냈다. 해녀 할머니가 혼자 살다 돌아가신 후 남겨진 집이었다. 돌연 그 집으로 들어가 잠시 숨을 돌렸다. 야마다가 마루에 앉아 있는 해인을 찾기는 쉽지 않을 것이다. 땀을 식힌 후, 밭으로 이어지는 샛길을 통해 보리밭 사잇길로 나갔다. 사람들이 거의 다니지 않는 한적한 길이었다. 그래도 서둘러 갔다. 재남의 집 앞에 도착해서야 종이에 쓰인 내용이 궁금해졌다. 뭔가 비밀스러운 그 서찰을 재남에게 바로 건네주면 못 볼 게 뻔했다. 해인은 궁금함을 참지 못하고 조심스럽게 돌돌 말린 종이를 펴 보았다. 한글로 적혀 있었지만 다 읽을 수 없었다. 그나마 지인이와 가끔 한글 공부를 해서 띄엄띄엄 몇 자는 읽을 수 있었다.


O달 O새 OO 오OO OO하라


'하라'에서 가슴이 쿵 내려앉았다. 히로토 아빠랑 무슨 관련이 있는 걸까? 아무리 생각해도 무슨 말인지 알 수 없었다. 해인은 더 이상 꾸물거리면 안 될 것 같아 시치미 뚝 떼고 재남의 집으로 들어갔다. 오재수는 결혼하면서 분가해서 살았고, 재남의 엄마는 일 년 전에 이름 모를 병에 걸려 시름시름 앓다 돌아가셨다. 그래서인지 집이 썰렁했다. 재남이는 마루에 앉아 꾸벅꾸벅 졸고 있었다. 해인이 인기척을 냈다.

똑똑.

졸던 재남이 해인을 보더니 놀란 표정을 지었다.

"오라방, 이거 야학 선생님이 전해 주래."

재남이는 해인이에게 조용하라는 뜻으로 검지손가락을 입에 가져다 댔다.

"해인아, 고마워. 오늘 일은 아무한테도 말하지 마. 그래야 우리가 살고 제주가 무사할 수 있어."

재남은 해인에게 조용히 집에 가 있으라며 등을 떠밀었다. 해인이가 가고 재남은 집 주변에 누가 있는지 살폈다. 그리고 다시 방문을 닫고 조용히 문고리를 걸었다. 해인이에게서 받은 종이를 펴보았다. 종이 안에서 더 작은 종이가 토독 떨어졌다. 바로 지인이 언젠가 방에 떨어뜨려 해인이 주머니에 챙겨 두었던 그 쪽지였다. 문도배 선생이 전해 준 문서에 딸려 온 것이었다. 지인이 쓴 쪽지를 다 읽은 재남의 손이 부들부들 떨렸다.

# 세화 오일장

잠수 실력과는 다르게 해인의 일본어 실력은 나날이 좋아졌다. 그림책 정도는 떠듬떠듬 읽을 수 있게 되었다. 해인이는 히로토와 세화장을 구경하려고 나섰다. 히로토는 해인이와 단둘이 가는 장 구경에 무척 들떠 보였다.

장에는 온갖 것들을 팔았다. 세화, 하도에서 재배한 미역이 산더미처럼 쌓여 있었고, 종달리에서 온 소금은 커다란 가마니에 들어 있었다. 그 앞에 두어 명이 소금을 사려고 서 있었다. 성읍 마을 삼베도 팔았다. 해안가 마을 장날답게 해산물이 가장 많았다. 손바닥만 한 전복, 바다의 산삼이라고 불리는 해삼, 은빛 은갈치, 짭조름한 새우젓까지 종류도 다양했다. 그 밖에 놋그릇, 사기그릇, 옹기그릇을 파는 상인도 있었다. 해인이와 히로토의 눈길을 끄는 것은 붉은 장닭이었다. 닭은 자신의 운명을 이미 알기라도 하듯 꼬끼오 홰를 치며 시끄럽게 울어댔다. 해인이가 장닭을 흉내 내며 소리를 지르자 히로토가 깔깔거리고 웃었다. 해인이는 사실 장닭보다도 그 옆에 있는 커다란 가마솥에 자꾸 눈길이 갔다. 가마솥에서 김이 모락모락 피어났다. 머리 희끗한 노인이 이른 점심으로 국밥을 먹고 있었다. 해인이는 저도 모르게 꼴깍 침을 삼켰다. 해인이의 마음을 알았는지 히로토가 그 앞으로 갔다.

"구, 국밥 두 그릇이요."

"어머, 넌 일본 아이구나? 돈은 가져왔니?"

"네."

해인이와 히로토는 자리를 잡고 앉아 국밥을 먹었다. 해인이는 국밥을 처음 먹었다. 엄마가 어쩌다 해주는 몸국만큼이나 국물이 진하고 구수했다. 반쯤 먹었을 때, 둘은 약속이나 한 듯 콧잔등에 땀이 송글송글 맺혔다.

"해녀들 움직임이 심상치 않아. 이 지역 해녀들이 구좌 면장을 만나러 면사무소로 움직이고 있다며?"

"며칠 전 밤에 배 타고 읍내 조합사무실에 가서 도사와 맞짱 뜨려고 했다는 게 헛소문이 아니라네."

"우도댁을 야마다 일당이 죽였다는 소문이 돌고 있다지. 그게 도화선이 되었다는 말이 들려."

옆에서 국밥을 먹고 있던 중년의 남자들이 수군거렸다.

해인이 히로토에게 빨리 가자는 눈짓을 보냈다. 둘은 연두망 공원 쪽으로 뛰었다. 국밥을 든든히 먹어서인지 어지럼증은 없었다.

"히로토 신기하지 않아? 너 그 이야기 누구한테 한 적 이시니?"

"아니."

"그럼 내가 언니한테 한 이야기가 돌고 돌아 소문이 난 거지? 신기해. 사람이 하는 말에도 발이 달린 것 같아."

"으응."

둘은 잠깐 쉬었다가 다시 뛰었다. 바다에서 불어오는 싸늘한 칼바람에 두 볼이 아릿했다. 해인은 빙 돌아가는 해안 길 대신 좀 가파르지만 빨리 갈 수 있는 산길을 택했다. 매바위가 있는 산등성이에서 해녀들 무리가 보였다. 하나같이 물질할 때 입는 검정 소중이 위에 흰 무명옷을 입고 있었다. 머리에는 흰 두건을 두르고 있었다. 사열 종대로 걸어가는 모습이 마치 개미군단처럼 보였다.

"와, 아저씨들이 오백 명 정도 모였을 거라고 하더니 정말인가 보네."

해인이가 넋을 놓고 바라보았다. 히로토도 놀라기는 마찬가지였다.

모두들 어깨에 구덕을 메고, 손에는 호미와 빗창이 들려 있었다. 물질할 때 해산물을 따는 도구들이 칼과 방패로 변해 있었다.

해인은 지인을 찾기 위해 공원으로 헉헉거리며 올라갔다. 앞서 온 해녀들이 꽤 모여 있었다. 맨 앞줄에 춘애, 덕순, 희숙이 있었고,

그 옆에 지인이도 서 있었다.

"비 오는 날 잡은 전복도 인정해라!!"

"해녀들의 부당 대우를 눈감아온 구좌 면장 파면하라!!"

"매국노 오재수 서기 파면하라!!"

"조합은 지정 판매를 폐지하라!!"

해인은 지인이 연단에 서서 팔을 높이 들고 구호를 외치는 걸 보니 자랑스럽기도 하면서 덜컥 겁이 났다.

'저렇게 앞잡이로 나서다 감방에라도 가면 어쩌려고?'

해인이 옆에 있는 히로토는 다른 이유로 마음이 편하지 않았다.

"지정 상인 하라 상은 너희 나라로 가라!!"

히로토는 아버지 이름이 나오자 우뚝 멈춰 서서 시무룩하게 말했다.

"우리 어쩌면 일본으로 도, 돌아갈 거야."

언젠가 일본으로 돌아갈 거라는 걸 예상은 했지만 그 말을 직접 들으니 해인이는 왠지 서운했다.

"일본에 가기 싫으니?"

히로토는 입을 꽉 다문 채 고개만 끄덕였다.

"왜? 일본은 너희 나라이니 제주보다 더 살기도 좋지 않아? 게다가 일본인 친구들도 생길 테고……."

해인이도 시무룩해졌다. 히로토가 일본인 여자아이들과 어울려 노는 상상을 하니 왠지 속이 상했다. 가끔 히로토가 일본인이라는 사실을 까먹고 어울렸다. 만약 히로토가 일본으로 가고 나면 해인이는 다시 외톨이가 된다. 찬찬히 생각해 보면 아쉬운 게 한둘이 아니었다. 아직 다 읽지 못한 그림책도 많고, 히로토 엄마가 만들어 주는 음식도 먹지 못할 테고, 히로토 엄마에게 있는 머리핀과 장식품을 구경할 수도 없게 된다.

"어머, 해인이도 왔시니?"

해녀들 틈에 낀 종미가 아는 체를 했다.

"우리 언니한테는 비밀이야."

해인이는 그렇게 말했지만 종미가 미덥지는 못했다.

낯선 남자가 해녀 대표들이 서 있는 곳을 향해 소리쳤다.

"면장님 전달 사항입니다. 세화 장날이라 사람이 너무 많으니, 용천수 옆에 있는 옴팡밭으로 3시까지 모이랍니다!!"

"면장이 직접 이곳으로 와서 할 말을 전하면 될 일을, 왜 옴팡밭으로 모이라는 거라게?"

해녀 대표가 항의했다. 모여 있는 해녀들이 웅성웅성 소란스러워졌다.

"나는 전달만 하는 입장이라 더는 모르오."

서신을 가져온 이는 월정리에 사는 뱃사람이라고 했다.

"시간 끌려는 수작 아닐까? 당장 손 쓰기는 힘드니까 머리 쓰고 있는 것 같어."

해녀들을 통제하기 위해 구좌 일대 순사들이 하나둘 모여든다는 소문이 돌았다. 3시가 넘어서야 구좌 면장이 해녀들 눈치를 살피며 옴팡밭에 나타났다. 히로토는 줄곧 힘없이 서 있다가 점점 모여드는 해녀들이 무섭다며 집으로 돌아갔다. 어쩔 수 없이 해인이 혼자 남았다.

"오늘 해녀들이 주장하는 요구는 해녀들 단독으로 결정한 건지 묻고 싶소."

면장은 해녀회 대표를 보며 의심스러운 눈빛을 보냈다.

"아니 그럼, 해녀들의 생존권과 직결된 문제인데 단독으로 하지, 누구의 지시를 받고 한단 말이오?"

"뭐, 가령……, 뒤에서 남성 동지들이……."

면장은 잠깐 말을 흘리는가 싶더니 날카로운 눈빛으로 현호 부인 희숙을 한참 동안 쏘아 보았다. 그러나 희숙은 눈 하나 끔쩍하지 않았다.

"해녀들의 주장이 맞다면 여기 종이를 준비해 왔으니, 그 요구 사항을 직접 써 보시오."

면장은 종이 앞에서 쩔쩔매게 될 해녀들을 상상하며 픽 웃었다. 종이를 받은 세 명의 해녀들은 망설임 없이 붓으로 요구 사항을 쓱쓱 써 내려갔다. 그런 막힘없는 행동에 면장은 적잖이 당황하는 눈치였다. 해인이도 흐트러짐 없이 꼿꼿한 자세로 앉아 글을 써 내려가는 지인의 모습에 좀 놀랐다. 야학을 꾸준히 다녔으니 어느 정도 글을 익히고 쓴다고는 짐작했지만, 그렇게 단번에 써 내려갈 줄은 몰랐다.

면장은 열 개가 넘는 해녀들의 요구 사항을 훑어보며 투덜거렸다.

"요구 사항이 많군. 흠흠, 다들 집에 가서 기다리시오. 나 혼자 결정할 일이 아니지 않소? 다음 세화장이 열리는 날 도사님이 순시 중에 구좌를 들릴 거요. 그때 말씀 드릴 테니 소란 일으키지 말고 조용히 가서 기다리시오. 곧 연락하리다."

면장은 거북한 표정을 지었다.

"아니, 지금 책임 회피하는 것 아니오?"

"쫄리니까 조합 서기 오재수처럼 일단 내빼고 보는 거 아냐?"

"면장이라고 갑자기 뾰족한 수가 있겠어?"

"속는 셈 치고 한번 기다려 보자고."

소란스러웠던 해녀들은 기다려 보자는 쪽으로 결론을 내리고 해산했다.

# 배신자의 일기

해인은 방바닥에 누워 언니가 가져다준 《어린이》 잡지를 정신없이 읽었다. 1926년 6월호인데 '북극성'이라는 작가가 쓴 〈대탐정 칠칠단의 비밀〉이란 소년소설이었다. '북극성'은 방정환 선생의 필명이었다. 책은 하도 돌려 읽어 너덜너덜해진 상태였다. 지인이한테 조심해서 읽겠다는 다짐을 여러 번 하고서야 겨우 빌릴 수 있었다. 열 번도 넘게 읽었다. 물론 처음에는 아는 글자가 많지 않아 애를 먹었지만, 여러 번 반복해 읽다 보니 아는 글자가 점점 늘고 뜻도 제대로 알게 되었다. 중간중간 지인이에게 모르는 글자는 물어 외우기도 했다. 그러다 보니 한글을 자연스레 깨우치게 되었다. 해인은 상호가 순자를 구하는 장면에서 무심코 바지 주머니에 손을 넣었다. 조개껍데기 두 개가 만져졌다. 짤각짤각 부딪히는 소리는 여전했다.

문득 지인의 쪽지가 사라진 것을 알게 되었다. 책을 바닥에 놓고 발딱 일어났다. 반대쪽 주머니에도 쪽지는 없었다.

'어디 떨어졌을까?'

방바닥 구석구석 찾아보았지만 보이지 않았다. 한 달 전 문도배 선생의 부탁을 받고 재남한테 종이를 전달해준 일이 생각났다. 그 때에도 조개껍데기가 들어있는 주머니에 종이를 넣었었다. 이제 한 글을 제법 읽을 수 있으니 쪽지에 쓰인 글도 읽을 수 있을 것이다. 해인은 급하게 대문을 나섰다.

'요즘 재남이가 통 안 보이네.'

언니가 며칠 전에 한 말이 떠오르면서 왠지 불길한 예감이 들었다. 해인이는 재남의 집을 향해 달리고 또 달렸다. 숨이 막히기 직전까지 뛰었더니 예상보다 빨리 도착했다. 살그머니 집안을 살폈다. 두런두런 이야기 나누는 소리가 들렸다.

"이것 좀 먹어보게."

야마다 형사 목소리 같았다.

'뭐지? 왜 야마다가 재남 오라방을 찾아왔지?'

해인의 불길한 예감은 점점 현실로 다가왔다.

"신경 안 쓰셔도 됩니다."

"앞으로 대일본제국을 위해 할 일이 많은 사람인데, 어떻게 신경을 안 쓰겠나?"

해인은 손에 힘이 풀렸다.

'대체 일이 어떻게 돌아가는 거지?'

잘은 모르지만 재남이가 야마다에게 뭔가 중요한 사실을 알려준 게 틀림없었다.

"내가 아는 건 거기까지예요. 문도배 선생님은 행적을 감춘 지 좀 됐고요."

"알았어. 그 정보만으로도 충분하네."

"형한테는 말하지 말아 주세요. 아는 게 싫어서 그래요."

"아, 물론이지. 나도 자네 형을 그리 좋아하지 않아. 하하하하."

기분 나쁜 웃음이었다.

'진짜 싫다. 징그러운 뱀보다 더 싫어.'

해인은 생각했다.

"내가 상부에 그들의 계획을 보고할 참이야. 그자들이 아주 어리석은 일을 하고 있다는 걸 깨닫게 해줘야지. 하하하하."

야마다는 그 말을 하고 방에서 나왔다. 재남이 탁자를 주먹으로 쿵 내리치는 소리가 들렸다. 야마다가 문득 멈춰 섰다 다시 움직였다. 해인은 재빨리 나무 옆에 쌓아놓은 보리 짚 뒤에 안전하게 숨었다. 야마다의 발소리가 점점 멀어져 들리지 않을 때까지 기다렸다가 담 구멍 사이로 집안을 살폈다. 별 기척이 없어 조금 더 기다려 보기로 했다. 다행히 오래 기다리지 않아 방문이 열렸다. 재남은 긴장한 얼굴로 주변을 살피며 밖으로 나갔다. 재남이가 멀리 사라지자, 이번에는 해인이가 움직였다. 방안을 급하게 휘릭 둘러보았지만 쪽지는 보이지 않았다. 재남의 방에는 언제나처럼 앉은뱅이책상만 덩그러니 놓여 있었다. 서랍을 열어 보니 낡은 노트가 하나 보였다. 노트에는 뭔가가 빽빽하게 적혀 있었다. 〈대탐정 칠칠단의 비밀〉을 여러 번 읽은 보람이 있었다. 재남이 쓴 일기가 술술 읽혔다. 가끔 막히는 글자는 대충 끼워 맞출 수 있었다.

나는 오랫동안 지인이를 좋아해 왔다. 사실 형에 대한 미움도 지인이를 좋아하면서 더 커졌는지도 모른다. 형은 늘 어릴 때부터 나에게 도움이 되지 않았다. 하지만 아방이 열 살에 돌아가시고 어멍마저 돌아가시니 남은 핏줄은 형밖에 없었다. 형에게 애틋한 마음이 조금 남아있기도 했지만 형의 말초적인 행동은 나를 점점 지쳐가게 했다. 형수한테 하는 폭력적인 언행이나 일본 놈들 밑에 들러붙어 같은 민족의 피를 빨아먹는 행동은 정말 못 봐주겠다. 하지만 어멍의 마지막 유언을 떠올리면 늘 마음이 아프다. 어멍의 유언은 당신이 없어도 형제끼리 의좋게 지내라는 말씀이었다. 그게 괴롭다. 형과의 틈이 벌어지면 벌어질수록 불효하는 느낌이 들기 때문이다. 지인이와 야학에 다니면서 사람 구실 하며 사는 게 진짜 효도일지도 모른다는 생각을 했다. 형이 사람답지 않게 살고 있는데 그걸 응원해줄 수 없었다. 형이 나의 생활을 보고 좀 느끼길 바랐다. 하지만 이제는 불가능해졌다. 흔들릴 때마다 지인이와 문도배 선생님이 나를 잡아주었다. 가시밭

길을 걷는다 해도 저어도 형처럼 한심한 인간으로 살지는 않겠다고 다짐했다. 하지만 나에게도 전환점이 왔다. 해인이가 전달해준 선생님의 편지에서 지인이가 쓴 쪽지가 나왔다. 문도배 선생님을 사모한다는 내용이 었다. 갑자기 내가 벌레만도 못하게 생각되었다. 그동안 내가 생각해 오던 가치관이 뿌리째 흔들리는 기분이었다. 지인이는 물론 선생님과 세상에 대한 배신감이 들었다. 세상에 믿을 사람이 아무도 없는 것 같았다. 나는 마음이 흔들리기 시작했다. 형처럼 비겁해지고 싶었다. 어머이 말씀하신 형제끼리 의좋게 지내라는 유언은 꼭 형처럼 대의를 저버리라는 뜻은 아니겠지만 난 삐뚤어지고 싶었다. 그게 복수라고 생각했다. 사건은 이미 걷잡을 수 없이 커지고 있다. 멈추고 싶지만 멈출 수 없다. 이미 후회해도 소용없다. 앞으로 어떻게 죄를 씻으며 살아야 할지. 지인이에 대한 미련은 깨끗이 털었지만, 동지들에게는 죽을 때까지 씻을 수 없는 죄를 지었다. 솔직히 앞으로 어찌 살아야 할지 모르겠다.


해인은 손이 부들부들 떨렸다. 대탐정이 아니어도 충분히 무슨 일이 있었는지 상황을 짐작할 수 있었다. 재남은 야마다에게 문도배 선생이 전달하라고 했던 그 중요한 편지를 넘겨준 것이 틀림없었다. 질투에 눈이 멀어 판단이 순간 흐려졌던 것이다. 그래도 지킬 건 지켜야 했다.

'아무리 질투가 나도 그렇지. 해녀들을 배신하고, 제주를 배신하고, 나라를 배신하다니.'

늘 지혜롭고 똑 부러지는 성격을 지닌 언니가 문도배 선생을 좋아한다는 사실도 좀 충격이었다. 해인은 지인이가 재남이가 아닌 그런 나이 많은 아저씨를 좋아할 거라고는 꿈에도 생각하지 못했다.

'만약 언니 쪽지를 주머니에 넣지 않았다면 이런 일은 일어나지 않았을 텐데……'

해인이는 자신의 머리에 꿀밤을 먹였다. 언니가 이 사실을 안다면 재남이가 아닌 자신을 탓할지도 모른다. 아니 그것보다 큰 일은 지인이를 포함한 해녀들이 모두 잡혀가고 문도배 선생이 잡혀갈지도 모른다는 것이다. 야마다의 조롱하는 듯한 비웃음 소리가 들리는 것 같아 정신이 아찔했다.

# 연두망 동산

"지인아, 면장한테는 무슨 소식 와시니?"

엄마가 동글동글 까만 순비기 열매를 마루에 펼쳐 놓으며 물었다. 엄마는 물질을 오래 한 해녀들이 흔하게 겪는 두통이 있었다. 순비기나무에서 열린 열매를 베갯속에 넣고 자면 두통이 가라앉는다고 했다.

"아직 없수다. 마침 낼모레 세화 장날 일본인 도사가 이쪽으로 지나간대요. 그때 모여서 담판을 지을 거우다."

"우리가 힘들게 캔 해산물을 제값 주고 팔게 된다면 그보다 좋을 게 없지. 어멍은 겁나고 걱정돼. 너한테 안 좋은 일이 닥치는 건 아니겠지?"

지인은 아무 말도 하지 않았다. 엄마도 말없이 순비기 열매를 고르게 펴 널었다.

드디어 결전의 날이 왔다. 하도리 해녀들이 별방진 앞에 모여 결의를 다잡고 네 명씩 짝을 지어 행군했다. 해인이와 히로토는 약간 거리를 두고 지인이를 따라 걸었다. 무슨 일이 생기면 빨리 달아날 생각이었다.

"오늘 끝장을 내야 합니다! 우리에게 주어진 마지막 기회예요!"

덕순의 말에 해녀들은 마음을 다잡고 더 힘차게 앞으로 나아갔다.

세화 장터 입구에 칼과 총을 든 순사 네 명이 서 있었다. 입구를 뚫고 나가야 집결지인 연두망 동산까지 걸어갈 수 있었다. 칼을 휘두르며 위협하는 순사들 때문에 움직이는 게 쉽지 않았다.

"구치소에 가지 않으려면 지금이라도 돌아들 가시오!"

오재수가 춘애를 한번 째려보며 길에 침을 탁 뱉었다. 더 이상 무서울 게 없어진 춘애는 눈 하나 깜짝하지 않았다.

"더 이상 망신당하지 말고 야마다 형사 모시고 주막에 가서 편안히 막걸리나 마시지 그래?"

덕순의 말에 해녀들이 까르르 웃었다. 모인 사람이 많으니 웃음소리도 컸다. 오재수는 그 소리에 화들짝 놀라 장터 안으로 사라졌다.

그때였다. 장터 안에 미리 숨어 있던 세화 해녀 오십여 명이 순사들 뒤에서 갑자기 나타났다. 순사들은 해녀들에게 앞뒤로 포위된 꼴이 되었다. 순사들이 우왕좌왕하는 틈을 타 하도리 해녀들이 막혀 있던 입구를 뚫고 길을 만들었다.

"뛰어!"

하도리 해녀들은 급하게 터진 길을 따라 뛰었다. 뛸 때는 두 명씩 재빨리 움직였다. 한번 터진 물길은 거침이 없었다. 급물살을 탄 행진에 순사들은 안절부절못했다. 대부분 하도리에서 나고 자란 터라 연두망 동산까지는 눈감고도 갈 수 있는 길이었다. 세화주재소 앞을 지나는데 갑자기 소란해졌다. 새로 부임한 도사의 검은 차가 들어오고 있었다. 자동차 가운데 붉은 일장기가 보란 듯이 펄럭였다.

"와, 저게 자동차인가 보네. 히로토, 너 자동차 타 봤시니?"

"으응, 이, 일본에서 한 번."

"정말? 나도 타고 싶다. 자동차를 얼마나 열심히 닦았는지 방학 때 내려오는 경성 유학생 구두처럼 반짝반짝 광이 나네."

해인이는 처음 보는 자동차 구경에 반은 넋이 나갔다. 해녀들은 자동차의 번쩍이는 빛에 압도되어 잠깐 움찔했다. 부드럽게 앞으로 굴러오는 검은 네 바퀴는 위엄이 있었다. 자동차는 멈추지 않고 해녀들을 향해 계속 돌진했다.

"뭐야, 사람 치겠어."

해녀들은 반사적으로 뒤로 물러났다. 자연스럽게 자동차 길이 열렸고, 차는 미꾸라지처럼 쉽게 빠져나갈 듯이 보였다.

"그냥 보낼 수는 없다!"

해녀 대표 덕순이 팔을 벌리며 차를 막아섰다. 그 옆에 춘애, 희숙, 지인이도 말없이 서서 힘을 실어주었다.

"지나가려거든 우리를 쓰러트리고 가라!!"

그 뒤에 네 명씩 짝지은 해녀들이 차 주변으로 모여들었고 겹겹
이 에워쌌다. 차는 멈출 수밖에 없었다.

"도사님 가시는 데 뭣들 하는 거야?"

문을 열고 내린 운전자는 조선인이었다. 같이 내린 사람이 일본
말로 뭔가를 물어봤다.

"우리는 친히 도사께 해녀들의 요구 사항을 말하려고 하오. 뒷좌
석에 앉아 계신 것 같은데 잠깐 나올 수 있는지 여쭤보시오."

덕순의 태도는 당당했고 한 치의 주저함이 없었다. 운전자는 난
감한 표정으로 옆에 있는 일본인 관리에게 상황을 설명했다.

"아니, 요구 사항이 있으면 서면으로 전달하면 될 것이지, 도사님
행차하는 곳을 무례하게 막으면 어쩌자는 거요?"

"구좌 면장한테 우리의 입장을 알렸는데, 소식이 없어 이렇게 모인 거요. 우린 이미 기다릴 만큼 기다렸고, 참을 만큼 참았소."

덕순의 말에 불만들이 튀어나왔다.

"이제 더는 못 참아!!"

"제주 해녀들을 우습게 보지 마시오!!"

그때였다. 지인이 성큼성큼 해녀들 무리를 빠져나가 도사가 탄 차 위로 사뿐 올라가 다부지게 섰다. 아무도 예상하지 못한 행동이었다. 지인은 검은 차 위에 서서 빗창을 높이 들고 소리쳤다.

"우리는 끝까지 함께 싸울 것이다!!"

웅성거리던 해녀들이 한목소리로 지인의 말을 따라 외쳤다.

"우리는 끝까지 함께 싸울 것이다!!"

순간 해인이는 시간이 멈춘 듯한 착각이 들었다. 주변에 아무 소리도 들리지 않았다. 오로지 검은 차 위에 우뚝 선 지인이의 모습만 눈에 들어왔다. 한 손에 빗창을 높이 든 지인의 모습이 서늘하게 눈부셨다. 자신이 서 있는 곳이 어디인지 일깨워준 건 히로토였다.

"해잉아, 지잉이 누나 엄청 멋지다. 여전사 같아."

"무사? 여전사?"

여전사, 처음 들어보지만 언니에게 퍽 어울리는 말이란 생각이 들었다.

"도사님 차 찌그러지니까 얼른 내려오시오!"

운전사가 빨리 내려오라고 손짓을 해도 지인은 들은 척도 하지 않았다.

"고지인, 교도소에 갇혀야 정신을 차리갔어?"

야마다가 험악한 얼굴로 협박해도 지인은 먼바다로 시선을 돌렸다. 춘애는 지인이에게 화답이라도 하듯 세화주재소 담벼락 위로 깡충 뛰어 올라갔다. 순사들이 당황하는 만큼 해녀들의 기세는 더욱더 올라갔다.

"우리들의 진정한 요구에 칼로 대하면 우리는 죽음으로써 대하겠다!!"

주재소 담벼락 위의 춘애가 구호를 외치며 빗창을 높이 들었다.

"죽음으로써 대하겠다!!"

해녀들이 춘애처럼 빗창이나 호미를 번쩍 들어 올리며 따라 외쳤다. 빗창은 바닷속에서 전복을 캘 때 쓰는 도구이다. 전복을 캐려고 안간힘을 쓰다 바위틈에 손이 끼어 죽어가던 순애를 떠올렸을까. 빗창을 든 춘애의 모습은 누구보다도 비장해 보였다.

"일본인 지정 상인 제도를 폐지하라!!"

도사 차 위에 있는 지인이도 빗창을 든 손을 높이 들고 소리쳤다.

"지정 상인 제도 폐지하라!!"

해녀들이 따라 외쳤다.

"미성년자와 노인의 조합비를 면제하라!!"

"일본인 악덕 상인과 내통하는 조합 서기를 처벌하라!!"

"비 오는 날 잡은 전복도 제값을 쳐줘라!!"

500여 명이 넘는 해녀들의 목소리가 세화주재소는 물론 세화 장터에 울려 퍼졌다. 해녀들의 얼굴에 묘한 기쁨의 꽃이 피어났다. 그동안 쌓아둔 속상한 마음을 구호에 담아 외치는 느낌이었다. 시위 대열에 해녀들만 있는 것은 아니었다. 소금 사러 왔다가 무슨 일인가 싶어 알짱거리다 무리에 낀 남자, 물질하는 해녀는 아니지만 장 구경 나왔다 울컥 뜨거운 것이 올라와 가담하게 된 사람도 더러 끼어 있었다. 해인이와 히로토는 주재소가 내려다보이는 퐁낭 위로 자리를 옮겨 모든 걸 지켜보았다. 운전자가 덕순이에게 쭈뼛거리며 다가갔다.

"도사님이 주재소에서 면담하겠다고 하시니, 해녀 대표 네 명을 선출하시오. 이렇게 많은 해녀들과 대화하는 건 무리지 않소?"

해녀들이 구호를 멈추고 덕순을 바라보았다.

"이번에는 쉽게 물러서지 않을 테니 걱정들 마시오. 종달리, 성산 해녀들이 힘을 실어주러 오고 있어요. 힘을 냅시다!!"

덕순이 오른팔을 높이 올리자, 해녀들이 화답이라도 하듯 일제히 두 팔을 높이 올렸다.

"와와!!"

덕순, 희숙, 춘애, 지인이 해녀 대표로 뽑혀 주재소로 들어갔다. 담판이 이어지는 동안 해녀들이 주재소 주변으로 모여들었다. 칼을 찬 순사들이 주재소 앞에 잔뜩 긴장한 모습으로 서 있었다. 해녀들의 진입을 막으려는 순사들과 몸싸움이 벌어질 수밖에 없었다.

누군가 소리쳤다.

"순사 모자와 칼을 빼앗아라!!"

그 소리에 한 무리의 해녀들이 막내 순사를 공격했다. 순사는 손 쓸 새도 없이 해녀들에게 총과 모자를 빼앗겼다. 종미가 순사의 모자를 쓰고 우쭐거렸다.

"어때, 나 이 모자 어울려?"

"꺼벙이 순사 놈보다 훨씬 잘 어울려. 네가 해녀 최초로 순사해도 되겠쿠마."

그 말에 주변에 있던 해녀들이 까르르 웃었다.

해녀들의 수가 훨씬 많았기 때문에 순사들은 당할 수밖에 없었다. 해녀들은 그동안 당했던 수모를 생각하며, 욕을 하기도 했고 고함을 지르기도 했다. 칼을 빼서 위협하는 순사가 보이면 해인이와 히로토가 머리통에 작은 돌을 던져 훼방을 놓았다.

야마다는 아주 험상궂은 표정을 지으며 주재소 앞을 왔다 갔다 했다. 자신이 어떻게 행동해야 할지 고민하는 눈치였다. 자신이 생각한 대로 일이 흘러가지 않았고, 해녀들이 모인 숫자도 상상을 초월한 것이다. 해인이는 야마다에게 들킬까 봐 고목 뒤에 등지고 앉아 있었다.

"천하의 야마다를 속이다니! 제주 해녀들 정말 간이 부었어! 생각보다 더 많이 모였잖아."

야마다는 별안간 옆구리에 차고 있던 권총을 빼 하늘을 향해 쏘았다. 공포탄이었다. 순사 모자 쓰며 장난치던 종미가 총소리에 놀라 뒤로 발랑 자빠졌다. 겁먹은 해녀들이 주재소에서 멀찍이 물러나기 시작했다. 처음 보는 총이지만 심장이나 머리를 뚫을 수 있는 무시무시한 무기라는 것쯤은 다 알고 있었다.

"기죽지 마라! 지금 시흥리 해녀 200여 명과 연평리 해녀 300여 명도 합세하였다!!"

해녀 대표들 대신 전갈을 전해 받은 종미가 호미 든 오른팔을 번쩍 들며 소리쳤다.

"와, 와!!"

해녀들의 화답 소리는 세화주재소 건물을 들썩일 정도로 컸다. 그동안 합류한 해녀들까지 합하면 적어도 천 명은 되어 보였다. 물질하던 해녀들은 그들의 생존권을 지키기 위해, 연두망 동산과 세화주재소 주변에 모여 뜨거운 불꽃을 일으키고 있었다.

해녀 대표들과 도사의 면담은 두 시간이 지나서야 끝이 났다. 해녀 대표 네 명은 약간 상기된 표정으로 주재소를 나왔다. 해인이는 쪼르르 지인이 옆으로 달려가 물어보고 싶은 걸 참았다. 혹시나 그러지 않기를 바랐지만, 예상했던 대로 종미가 지인이와 이야기하면서 손가락으로 해인이를 가리키는 게 보였다. 숨을 구멍이 없었다.

"해인이 너 혹시 재남이 봤니?"

지인이가 나무랄 줄 알았는데 뜻밖에 재남이의 소식을 물었다. 재남이가 해녀들을 배신했다는 이야기를 아직 하지 못했다. 어쩌면 영원히 하지 못할지도 모르겠다.

"소문이 사실일까? 재남이가 우리를 배신하고 야마다한테 정보를 흘렸다는 말 말야."

희숙이 걱정스런 눈빛으로 말을 꺼냈다.

"그러게. 선생님들이 다 붙잡히면 제주 사람들 계몽은 누가 하나. 대체 어디까지 까발린 거지?"

"만약 재남이 야마다한테 말했다면 미리 순사들이 길을 막았어야 하지 않아? 알았다고 하기에는 속수무책이던데……"

"그러게, 그건 이상하네. 우리는 우리 일에 집중하자고. 그게 선생님들을 돕는 일이야. 우리가 승리해서 힘을 드려야지."

"그래, 그러자."

해녀 대표들은 흩어지려던 마음을 다잡았다.

모인 해녀들 틈에 엄마도 있었다. 해인이를 보고 호미를 흔들었다. 지인이에게 나서지 말라며 걱정하던 엄마도 더 이상 집에 머물 수 없었던 것이다. 엄마가 참석했다는 것은 하도리에서 물질하는 해녀들이 거의 다 나왔다는 의미였다.

주재소에서 다구찌 도사와 수행비서가 나왔다. 다구찌는 차 안에 타고 수행비서가 해녀들을 향해 일본말로 말하고 운전자가 조선말로 바로 통역했다.

"해녀 대표들을 통해 당신들의 요구 사항을 들었으니 집에들 가시오. 도사님과 함께 당신들이 써준 요구 사항을 꼼꼼히 살펴보고 입장을 전달할 것이오."

"집에 가면 다 들어줄 테요?"

"그걸 어떻게 믿지?"

"우리가 한 번 속지, 두 번 속나?"

해녀들의 불만이 끝없이 이어졌지만, 수행비서와 운전사는 급하게 차에 올라탔다. 곧 도사를 태운 차는 출발했다. 종미에게 모자를 빼앗긴 막내 순사가 자동차 뒤꽁무니를 향해 긴장한 표정으로 경례를 올려붙였다. 해녀들이 그 모습을 보고 까르르 웃었다.

# 빨간 도장

오후 네 시가 지나자 바람이 불고 날은 더욱 싸늘해졌다. 진눈깨비는 싸락눈으로 변했다. 해녀들은 미리 준비한 주먹밥이나 떡으로 요기를 하며 자리를 지켰다. 하지만 몸은 점점 꽁꽁 얼어갔다. 해가 질 때까지 순사들의 움직임은 없었다. 태풍이 오기 전의 고요한 바다 같았다.

해인이와 히로토도 엄마에게 건네받은 둥근 메밀떡으로 간단하게 요기를 했다. 그나마 먹을 게 들어가니 추위도 덜하고 조금 견딜 만했다.

"육지에서 특공대까지 불렀다는데 정말일까?"

"특공대 오면 막 총 쏘고 그러진 않겠지?"

"좀 겁이 나긴 하네. 나 죽는 건 괜찮은데 가족들 때문에……."

"우리가 죽으려고 여기 왔나, 살려고 왔지."

시간이 지날수록 초조해하는 해녀들이 늘어났다.

저녁 7시쯤 되었을까? 요란한 경적이 울리고, 짐차 넉 대가 연두
망 동산 언덕길에 들어섰다. 한 차에 20여 명의 특공대가 타고 있
었다. 그들은 하나같이 총칼로 무장하고 빨간 모자에 검은 띠를 이
마에 두르고 있었다. 해녀들은 그들의 위세에 눌려 몸을 바들바들
떨었다. 태어나서 칼을 찬 순사들이 그렇게 많이 모인 것은 처음 보
았으니 당연했다. 특공대가 하늘을 향해 공포탄을 쏘았다.

타앙.

으악.

까아악.

연두망 동산 주변은 순식간에 아수라장이 되었다. 분노를 넘어선
기쁨과 환희는 어느새 두려움과 공포로 변해 있었다.

"해잉아, 우리 가자. 나 오줌 마려워."

히로토가 발을 비비 꼬며 말했다. 해인이도 무섭기는 마찬가지였
다. 이미 날이 저물고 있었다.

해인이는 히로토와 시위 현장을 조금 빠져나와 언덕 위 바위 뒤
에서 지켜보기로 했다. 어두워질수록 바람이 찼다.

"여기서 물러서면 우리는 아무것도 얻을 수 없어요. 같이 모여 있
으면 저들은 절대 우리를 해치지 못할 겁니다."

춘애는 대차게 말했다. 밤이 되니 겨울바람이 바늘처럼 따갑게

얇은 옷을 뚫고 들어왔다. 어린아이를 데리고 온 해녀들은 더욱 혼란스러워했다. 아이가 혹시라도 다칠까 봐 발을 동동 굴렀다. 눈에 띄는 동네 어른이 보이면 집까지 데려다 달라고 부탁하기도 했다. 지인이는 안절부절못하는 이들을 다독였다.

"흩어지면 안 됩니다. 저들은 우리에게 위협을 주려는 거지 해치지는 못할 거예요."

지인이의 마음이 전해졌을까? 갈팡질팡하던 해녀들이 안정을 찾고 팔짱 낀 팔에 더욱 힘을 줬다.

"부당이득을 취하는 일본인 어업을 금지하라!!"

해녀 대표 네 명이 구호를 외치면 수백 명의 해녀들이 따라 외쳤다.

"부당이득을 취하는 일본인 어업을 금지하라!!"

해녀들의 외침 소리를 들으면 이상하게 힘이 나고 용기가 생겼다. 시위에 참여하지 않는 해인이도 마찬가지였다.

"지정 상인제도 폐지하라!!"

"해산물 가격 제값에 사들여라!!"

지인은 해녀들을 달래면서도 목이 터져라 외쳤다. 금방 단결이 되는가 싶었지만, 육지에서 온 특공대의 위협적인 모습에 너댓 살 먹은 남자아이가 울음을 터트렸고, 분위기는 다시 안 좋은 흐름을 탔다. 아이의 손을 잡은 해녀가 뒤를 돌아 줄행랑을 놓자, 자리를 떠나는 해녀들이 점점 늘어났다. 특공대는 그 틈을 놓치지 않고 연달아 공포탄을 쏘아댔다. 공포는 전염력이 강했다. 해녀들이 달아나기 시작하자, 순사들은 도망치는 해녀들의 흰 저고리에 닥치는 대로 도장을 찍었다. 눈에 띄는 빨간색이었다. 소중이는 검정색이니 눈에 띄는 흰 저고리에 도장을 찍었다. 시위장은 금방 아수라장이 되었다.

"히로토, 우리 도망가자!"

길을 잘 아는 해인이가 언덕 밑으로 뛰어 내려갔다. 히로또가 그 뒤를 따라갔다. 해인은 샛길로 빠져나가려고 옆으로 틀어 뛰어가는데 도장 든 순사가 순식간에 옆에서 나타났다. 히로토가 재빨리 해인이를 뒤에서 안았다. 해인이 대신 히로토 등에 빨간 도장이 찍혔다. 꽤 어두웠지만 빨간 도장은 선명히 보였다. 히로토는 자신의 복장이 튀지 않게 하려고 일부러 해녀들처럼 하얀 웃옷을 입고 나온 것이다.

"난 일본인이잖아. 그, 그래서 괜찮을 거야."

히로토가 멋쩍게 웃었다. 해인은 가슴이 먹먹해졌다.

"그나저나 너희 언니랑 해녀들 거, 걱정이다."

"순사들이 차고 있는 총만 봐도 떨려. 육지에서 왔다는데, 어쩌지? 총은 겁만 주려고 차고 온 걸까? 진짜 사람한테 쏘면 어떡하지?"

해인의 걱정스런 표정에 히로토도 울상이 되었다. 이미 큰 파도가 들이닥치고 있다는 것을 둘은 어렴풋이 짐작하고 있었다.

지인은 새벽에 들어와 잠깐 눈만 붙이고 다시 나갔다. 아침이 되

154

어 해인은 요란스러운 소리에 잠이 깼다.

투다닥.

발소리가 들리더니 순사 두 명이 방문을 열고 들이닥쳤다.

"샅샅이 뒤지라우."

해인은 잠이 덜 깬 눈으로 이게 뭔 일인가 싶었다.

"그 앤 물질을 못하는 꼬맹이에요."

엄마의 애타는 목소리가 들렸다.

"당신 큰딸 고지인은 어디 있어? 다 알고 왔으니 속일 생각은 하지 마시오."

옷차림과 말투가 육지에서 온 사람이었다.

"그 애는 어제 나가서 안 들어왔어요."

엄마는 울상이 되었다. 특공대는 뒷간, 광까지 전부 뒤지고 온 집 안을 쑥대밭처럼 만들어 놓고서야 돌아섰다.

"애고, 이게 무슨 난리야."

해인은 지인이가 걱정이 되었다. 연두망 동산에 모여 있던 해녀들은 밤사이 다 흩어졌다. 해인은 하라 상과 마주치는 건 좀 껄끄러웠지만 히로토네 집에 가볼 생각이었다. 큰길에 간간이 순사들이 돌아다녔다. 순사들과 마주치지 않기 위해 밭길로 돌아가느라 히로토네 집 가는 길이 더뎠다.

잡화점 앞에 유리 상이 나와 있었다. 마침 바람이 불어 히로토네 집 앞 빨랫줄에 널려 있는 옷이 날아가 유리 상 얼굴에 맞고 떨어졌다.

"아휴, 이게 뭐야?"

무심코 옷을 집어 들던 유리 상이 인상을 찌푸렸다.

"세상에나! 이건 해녀 반역자들 빨간 도장이잖아!"

유리 상은 히로토네 집을 보며 혀를 끌끌 찼다.

"내가 그 해인인가 뭔가 하는 조센징 계집애랑 놀 때부터 알아봤
지."

그때, 히로토네 집 문이 벌컥 열렸다.

"아니, 같은 일본인끼리 한편이 되어 주지는 못할망정 꼬투리 하
나 잡으니까 기분 좋아요? 애가 장 구경 갔다가 도장 한번 찍힌 걸
가지고……."

세이코 상은 평소 점잖던 모습을 가면처럼 벗어 던지고 딴사람이
된 것처럼 화를 냈다.

문이 또 벌컥 열리면서 하라 상이 밖으로 나왔다. 하라 상은 히
로토 옷을 힐끔 보기만 하고 급히 나갔다.

"남편한테 얘기해서 히로토 조사를 철저히 하라고 해야겠어. 애
단속 좀 잘 시키라고. 당신들 자칫하다간 고국에 못 들어갈 수도
있어!"

흥분했는지 유리 상 얼굴이 빨개졌다. 세이코 상은 뭔가 더 말하
려다 애써 표정을 감추며 히로토 옷을 들고 서둘러 집 안으로 들
어갔다. 야마다에게 이야기라도 하면 문제가 복잡해질 수 있다. 아

156

무리 남편이랑 야마다 형사가 친하더라도 유리 상이 강짜를 놓으면 다 헛일이 될 수 있다는 걸 세이코 상은 경험으로 알고 있었다.

해인은 히로토를 만날 용기가 생기지 않았다. 잠깐 어디로 갈까 고민했다. 별방진으로 향했다. 조용히 아침 산책을 하고 싶었다. 구름 한 점 없이 맑은 날이었다. 해가 나와서인지 일월인데도 따스한 느낌마저 들었다. 장난치는 구름이 없고 바람도 잠잠했다. 바다는 아무 일도 일어나지 않은 것처럼 고요했다. 히로토와 함께 별방진을 걷던 날들을 생각했다. 히로토마저 일본으로 돌아간다면 해인은 진짜 외톨이가 될 것이다. 언니는 무사할까. 유난히 파랗게 보이는 바다가 원망스러웠다. 바다가 없다면 언니와 해녀들이 어디든 자유롭게 달아날 수 있을 것 같았다.

"야, 너 쥐방울! 이리 와 봐!"

멍 때리며 걷느라 사람의 기척을 느끼지 못했는데, 밑에 칼을 찬 야마다 형사가 자신을 보고 손짓하고 있었다. 얼음처럼 굳은 해인이에게 야마다가 다가왔다.

"너 지난 번 수상한 남자가 너한테 뭐 전해 주라고 하지 않던? 난 순진한 해녀들 뒤에 누군가가 있다고 생각하거든!"

해인은 아무말 못하고 손을 바들바들 떨었다.

"나한테 거짓말하면 네 언니 죄가 더 무거워지는 거 알고 있지? 네 언니는 목포교도소로 갈 거야. 해녀들 중에서도 악질이거든. 네가 혹시라도 솔직하게 말하면 언니 죄는 훨씬 줄 거야."

해인은 그 짧은 시간에 많은 생각들이 오갔다. 야마다는 이미 많은 걸 알고 있는 느낌이었다.

'해인아, 아무한테도 말하지 마. 그래야 우리가 살고 제주가 살 수 있어.'

재남의 말이 떠올랐다. 그렇게 말했던 재남은 야마다한테 전부 일러바치고 진짜 배신자가 된 걸까.

'진짜 강한 사람은 어둠을 견딜 수 있는 사람이야. 움직이는 사람한테 봄이 오는 법이야.'

언니의 말도 떠올랐다. 야마다는 아무것도 모르면서 괜히 겁을 주고 있는지도 모른다. 해인은 야마다의 입을 보며 고개를 저었다.

"전 아무것도 몰라요. 제가 뭔가 알게 되면 언니를 위해 아저씨한테 제일 먼저 알려 드릴게요."

어떻게 그런 거짓말이 자신의 입에서 술술 나오는지 해인이는 알 수 없었다. 잠자코 있던 야마다의 입가가 씰룩거렸다.

"언니처럼 어리석게 굴지 마라. 조센징은 어린이라도 믿지 않아."

그 말을 하고 휙 몸을 돌려 가버렸다. 해인이는 심장이 쿵쿵 뛰어 한동안 그대로 서 있었다.

# 오재남의 진심

뜀박질은 물속과 달리 내뱉고 싶을 때마다 짧게라도 숨을 내쉴 수 있다. 호흡은 달리는 보폭에 리듬 타듯 맡긴다. 이마에서 땀이 나고 심장 박동이 점점 빨라져 눈앞이 흐릿하고 숨이 막힐 것처럼 답답함이 목구멍까지 차오르면 달리는 속도를 서서히 줄인다.

헉헉.

움직인 만큼 땀이 나고, 땀을 흘린 만큼 머리가 맑아진다. 달리기의 단순한 법칙이다. 하지만 그 법칙은 아주 드물게 깨질 때도 있다. 한참을 뛰어 숨이 차오르고 괴로운데, 머릿속이 비워지지 않았다. 해인은 마지막 희망을 갖고 지인이를 만나러 가는 길이었다.

지인이는 집으로 돌아오지 못했다. 해녀 주동자들이 어딘가에 숨어 함께 행동하고 있다는 소문이 돌았지만, 그 생활도 오래가지 못했다. 야마다가 해녀들이 숨어 있던 소굴을 찾아내고야 말았다. 해녀들은 트럭 다섯 대에 나뉘어 실렸다. 주동자 네 명이 잡히면서 옷에 도장이 찍힌 해녀들까지 함께 인계되어 백여 명이 되었다. 제주 동북쪽에서 야학을 주도했던 선생들도 여섯 명이 잡혔다. 그중에는 희숙의 남편인 현호도 속해 있었다.

제주항으로 옮겨지기 전, 트럭이 잠시 멈춰 서서 해인이는 지인이를 잠깐 만나 볼 수 있었다.

"언니!"

해인이는 그 말밖에는 생각나는 말이 없었다. 하고 싶은 말은 많았는데 막상 만나니 아무 말도 생각나지 않았다. 지인이는 생각보다 얼굴이 밝았다.

"해인아, 걱정하지 말고 잘 지낸. 혹시 편지할 수 있으면 할게."

"……"

"두렵니?"

"……"

"괜찮아. 두려움은 멋진 거. 극복하면 더 멋진 세상을 꿈꿀 수 있으니……."

해인이한테 가장 두려운 일은 늘 보던 사람을 못 만나는 일이었다.

"알았어, 언니. 건강하게 돌아오라 햇."

해인이의 말이 끝나기 무섭게 야마다 형사가 지인의 목에 총을 겨눴다.

"고지인, 넌 문도배 선생 은신처 알고 있지?"

"몰라요. 누구보다 선생님 소식을 듣고 싶은 사람이 저예요."

지인은 야마다가 총구를 들이대도 끔쩍하지 않았다.

"오재남이는? 오재남이가 감히 나를 속여 내가 우습게 된 건 알고 있겠지?"

야마다의 눈빛은 분노로 이글이글 타고 있었다.

"……"

해인이 속은 타들어 갔다.

"이제 출발하오."

다행히 운전사가 소리쳤다. 육지에서 온 특공대 한 명이 야마다를 못마땅한 눈으로 쳐다보았다. 어쩔 수 없이 야마다는 총을 거두었다.

동백꽃이 막 피기 시작할 때, 히로토가 엄마와 함께 일본으로 돌아갔다는 소식을 전해 들었다. 아무리 몸이 좋지 않아도, 아무리 만나기 곤란해도 마지막이 될 수 있는데, 작별 인사 정도는 해야 하지 않았을까? 해인이는 히로토에게 서운한 마음이 컸다.

해인은 바닥에 떨어진 동백꽃을 밟는 대신 멈춰 섰다. 동백꽃이 진 담장 밑으로 빨간 꽃길이 생겼다. 빨간 꽃길이 흔적 없이 사라지면 완연한 봄이 올 것이다. 빨간 동백꽃을 보니 해인은 히로토 등에 찍힌 빨간 도장이 생각났다. 괜히 히로토가 살던 집을 왔다 갔다 했다. 히로토 집이 동백꽃 길로 통한다는 사실은 처음 알았다. 히로토 집에서 책을 읽고 음식을 먹던 일, 세화 장날 국밥을 먹던 일, 자신을 대신해 등에 도장 찍혔던 일들을 열 번도 넘게 떠올렸다. 히로토를 다시는 볼 수 없다는 생각이 들자 서글펐다.

해인이가 마지막으로 용기를 내 히로토를 만나러 갔을 때, 아버지 하라 상한테 심한 꾸지람을 듣고 있었다. 중간중간 일본말로 이야기해서 다 알아듣지는 못했지만, 해인, 빨간 도장, 야마다 형사, 띄엄띄엄 들리는 말만으로 자신과 어울려 다니다 빨간 도장이 찍혀 곤란한 상황임을 알 수 있었다. 히로토를 만날 용기가 나지 않아 대문 앞을 서성이다 잠깐 밖에 나온 세이코 상과 마주쳤다.

"안녕하세요?"

"어……, 그, 그래. 해인이구나."

세이코 상은 표정이 좋지 않았다.

"해인아, 앞으로 우리 집에 오지 말아줘. 히로토 등에 빨간 도장이 찍혀서 곤란한 상황이야. 앞으로 히로토 만나지 말아줘."

친절함은 조금도 없는 냉정하고 건조한 말투였다. 그동안 알고 지냈던 세이코 상이 아닌 것 같았다. 해인이는 당황해서 히로토의 안부도 묻지 못하고 발길을 돌려야 했다.

"해인아, 여기서 뭐해?"

그때 누군가 말을 걸었다. 밀짚모자를 푹 눌러 쓴 젊은 남자였다.

"무사?"

웃을 때 반달눈이 되는 재남이었다.

"배신자."

해인의 눈꼬리가 올라갔다.

"아……."

재남은 잠깐 말문이 막혔다.

"왜 찾아완? 내가 오라방 집에 들렀다 야마다랑 하는 얘기 다 들었어. 일기도 읽었고. 내가 차마 언니한테 얘기 못했는데……. 어떻게 그러핸?"

"하하하, 역시 해인이는 하도리에서 일어나는 일에 대해서는 모르는 게 없구나. 충실한 연락통다워."

재남은 주머니에서 종이 뭉치를 꺼냈다.

"이거 좀 봐줄래? 다른 곳이 있으니 자세히 살펴봐 줘."

해인이가 문도배 선생의 부탁으로 재남이에게 전해 주었던 그 글귀였다. 그때만 해도 모르는 한글이 많았지만 이제 모르는 글자는 없었다.


**섣달 닷새 세화 오일장 봉기하라**
**섣달 열 닷세 세화 오일장 봉기하라**


날짜가 달랐다. 해인은 그제야 해녀들이 무사히 거사를 치룰 수 있었던 이유를 알 것 같았다.

"그럼 오라방이 야마다한테 잘못된 날짜를 흘렸다는 말이야? 열
닷세라고?"

"그렇지. 역시 해인이는 머리가 좋구나. 척 알아듣네. 우리 잠깐
저쪽에 가서 이야기하자. 야마다가 나를 잡아먹지 못해 안달이 났
어."

동백나무 담벼락 뒤에서 더 자세한 이야기를 들을 수 있었다. 재
남의 일기는 반은 진심이고 반은 거짓이라고 했다. 사람을 완벽히
속이려면 절반은 신실이어야 한다고 했다. 지인이의 쪽지를 처음 봤
을 때는 충격이 커서 며칠 야학에 나가지 않았다고 했다. 시간이 지
날수록 지인이의 생각을 존중해줘야 한다는 생각이 들었단다. 물
론 재남이는 누구보다 문도배 선생을 존경했기 때문에 지인이 마음
을 이해했다고 한다. 재남은 며칠 집에 틀어박혀 있으며 야마다를
감쪽같이 속일 방법을 생각해 냈고, 해녀 투쟁을 방해받지 않기 위
해 그런 속임수를 짠 것이라고 했다.

"아 참, 해인아, 너한테 보여줄 게 있어. 오늘 내가 널 만난 이유이
기도 해."


**지리에 밝고 발 빠른 자에게 안팎의 연락을 담당하도록 할 것**

(고해인)

'해녀 항쟁의 투쟁 방침' 맨 마지막에 있는 조항이었다.

"해인이 네가 역할을 톡톡히 했어. 해녀들과 선생님을 대신해서 고마워."

"아, 난 오라방이 배신한 줄 알았어. 진짜!"

"부끄럽지만 처음에는 그러고 싶었지. 하지만 내가 거기서 배신을 하면 네가 전달해 준 그 쪽지는 아무 의미가 없는 거고, 내가 그동안 지인이 순애와 함께했던 공부도 다 헛것이 되는 거잖아. 결국 그 일은 누구보다 나를 지키기 위한 일이었어."

그 말을 하며 재남은 멋쩍게 웃었다.

"해인아, 이거."

재남이 꺼낸 건 노란색 복주머니였다.

"히로토가 일본으로 떠나기 전 나를 찾아왔어. 도저히 너한테 직접 전해 주기 힘들다면서 말이야. 편지할 주소도 있을 거야."

해인이는 복주머니를 받아 손으로 꼭 쥐었다. 혼자 있을 때 열어 볼 생각이었다.

재남은 곧 육지로 가는 배를 타고 제주를 떠날 거라고 했다. 말은 하지 않았지만 문도배 선생이 있는 곳으로 가는 것 같았다.

"해녀들이 억울한 일을 당하지 않도록 뒤에서 계속 도울 생각이야."

재남의 말을 듣고 짐작했다.

# 어디로든 멀리

삐삐삐. 삐르르 삐삐.

숨죽여 우는 해인이와 달리 뒤안 대나무 숲에서 종달새가 소리 내어 울었다. 해인이는 갈옷 주머니에 들어 있던 노란 손 주머니에서 도장을 꺼냈다. 히로토가 준 회양목으로 깎아 만든 도장은 두 개였다. '고해인'이라는 이름이 새겨진 것과 문주란 꽃잎 모양이 그려진 도장이었다. 마치 히로토를 대신해 '어디로든 멀리' 갈 수 있다고 해인이에게 용기를 주는 것 같았다.

"아노, 네가 여기가 어디라고 왔니?"

고개를 들어보니 하라 상이었다. 걷다 보니 히로토 집까지 온 것이다. 하라 상은 커다란 짐가방을 들고 있었다.

"아, 안녕하세요?"

해인이가 당황하여 인사를 했다.

"아노, 안녕 못하다."

하라 상은 뭔가 말하려다 얼굴을 잔뜩 찌푸리며 그냥 지나쳐 갔다. 제주에 있는 짐을 정리하여 일본으로 돌아가는 날인가 보았다. 하라 상의 짐은 '혹시 히로토가 다시 돌아오지 않을까?'하는 헛된 희망을 접게 했다.

동네 사람들 이야기론 유리 상이 야마다에게 사상이 불순한 히로토 가족을 더 이상 제주에 발도 못 붙이게 하라며 강짜를 놓았다고 한다. 하라 상이 야마다에게 무슨 말을 들었을지 충분히 짐작되었다. 아마 야마다에게 심한 말을 들은 날, 하라 상은 아들을 호되게 꾸짖었을 것이다. 해인이가 히로토를 만나러 갔다가 다시 돌아온 그날이다. 히로토는 사나흘 동안 앓아 누웠다고 한다. 몸이 회복되지 않은 상태로 간단한 짐을 꾸려 일본으로 갔단다. 해인이는 히로토와 제대로 된 작별 인사를 하지 못한 게 내내 아쉬웠다. 또한 자신 때문에 히로토가 곤란해지고 아프게 된 것 같아 마음이 편하지 않았다.

히로토 안녕.

난 해인이야. 이제 아픈 거 다 나았니?

네가 없으니 난 다시 외톨이가 되었어.

하지만 〈첼로 켜는 고슈〉와 〈대탐정 칠칠단의 비밀〉 이야기 덕에 심심하지 않아.

아, 〈대탐정 칠칠단의 비밀〉은 조선 작가인 방정환 선생님이 지은 재미있는 소년소설이야. 네가 꼭 읽어 보면 좋겠어. 내가 〈첼로 켜는 고슈〉를 재미있게 읽은 것처럼 너도 그럴 거야. 기회가 되면 세이코 상도 같이 읽어줘. 너희 엄마는 한글도 잘 읽으시니까. 조선 작가가 쓴 작품을 읽으시면 좋겠어. 그러면 내가 꼭 황국신민이 되지 않아도 된다는 걸 아시게 될 테니까. 방정환 선생님은 이야지와 겐지와 나이도 비슷하다고 들었어. 작년에 돌아가셨지만 말이야.

언니는 육지에 있는 옥포교도소에 들어갔어. 난 육지에 가고 싶긴 하지만 교도소는 별로야. 자유가 없으니까. 언니가 움직이는 사람한테 봄이 온다고 했으니 언니가 바라는 봄은 오겠지? 해녀들 해산물은 다시 제값을 받고 있어. 일본인 지정 상인도 그만두었고. 앗, 미안. 너희 아버지란 걸 깜박했어. 어쨌든 언니 노력이 헛되지 않아 다행이지?

아참, 그리고 놀랄 만한 사건이 있었어. 지인이 언니는 문도배 선생님을 좋아했고, 재남 오라방은 언니를 좋아했어. 언니가 자기 안 좋아하고 문도배 선생님 좋아하는 거 알고 재남 오라방은 배신을 할 뻔했는데, 다행히 잘 극복하고 야마다를 골탕 먹였어. 야마다는 출세할 길이 막혀 엄청나게 화가 나 있어.

진짜 재미있지?

내가 일찍 글을 읽을 수 있었다면 재남 오라방한테까지 언니 연애편지가

가지 않았을 텐데...

아, 참 좋은 소식이 있어. 나 따뜻해지면 하도보통학교에 삼학년으로 다닐

거야. 나만 여자라고 해. 나이 어린 아우들이랑 다니게 되었지만 신나. 네

가 여기 있으면 같이 학교 다니고 좋았을 텐데 아쉽다.

일본에서 건강하게 지내. 친구도 많이 사귀길 바래.

그럼 또 다음에 편지 쓸게. 답장해줘.


하도리에서 해인이가.

## 어디로든 멀리


해인이는 편지 끝에 '어디로든 멀리'라고 한글로 써넣었다. 그리고
그 옆에 문주란꽃이 그려진 도장을 찍었다. 편지지에 연한 보랏빛
대신 빨간 문주란꽃이 피었다.

## 글을 마치며

제주 해녀에 대한 글을 쓴다고 했을 때 친구가 물었어요.

"제주 해녀가 왜 중요하지?"

순간 말문이 막혀 아무 말도 못했어요. 그동안 해녀가 중요하다는 생각은 했지만, 왜 중요한지 곰곰이 생각해 본 적이 없었어요.

그때부터 친구의 질문에 작가로서 답을 찾기 시작했어요. 이 책을 읽는 여러분들도 한 번쯤 생각해 보면 좋겠어요. 제주 해녀가 왜 중요할까요?

2020년 코로나바이러스로 해외로 가는 길이 막히게 되자, 제주는 국내에서 가장 핫한 여행지가 되었어요. 화산섬이라는 독특한 지형과 동남아처럼 아름다운 해변으로 인기를 끌었어요.

실은 제주도가 육지에서 멀리 떨어진 변방이라서 옛날부터 소외

되었었고, 4.3이라는 아픈 역사를 안고 있는 섬이라는 건 대부분 알고 있을 거예요. 신화에 관심이 많은 사람이라면 제주가 여신들이 살아 숨 쉬는 '신화의 땅'이라는 것까지 알고 있죠.

하지만 1931년부터 32년 사이에 제주 동북쪽의 작은 마을인 '하도리'에서 해녀들 중심으로 '제주 해녀 항일운동'이 일어났었다는 사실에 대해서는 잘 알지 못합니다.

일제 강점기에 많은 항일운동이 있었지만, 1년 동안 17,130명의 제주 여자들, 주로 해녀들이 모여 시위를 벌인 일은 '제주 해녀 항일운동'이 유일했어요.

빼앗긴 나라를 찾기 위한 독립운동이라는 의미에 앞서, 먹고 살기 위한 생존권을 지키기 위한 항일 시위였다는 것에도 관심이 갔어요.

일제 강점기의 제주 여자의 삶, 특히 해녀들의 삶이 궁금해 몇 년 동안 자료를 모았어요. 남아있는 자료가 많지 않아 상상력을 붙여야 해서 작가로서 고민이 많았어요. 그래서 부족한 부분이 많을 거예요. 그 부분은 넓은 마음으로 이해해 주세요.

'제주 해녀 항일운동'이 벌어졌던 연두망 동산에는 현재 해녀박물관이 우뚝 세워져 있어요. 그곳에서 매년 1월 12일마다 제주 해녀 항일운동 기념식이 열리고 있다고 해요.

올해로 '제주 해녀 항일운동' 90주년이 되었어요. 게다가 그 선봉에 섰던 세 분(부춘화, 김옥련, 부덕량)이 올해 1월 독립운동가로 선정

되었다는 기쁜 소식을 들었어요. 뜻깊은 해에 책을 출간할 수 있어 더욱 기뻐요.

해녀들의 삶은 그 자체만으로 배울 점이 많지만, 일본의 수탈에 넋 놓고 당하지 않고 야학을 배우며 적극적으로 항거했다는 점이 인상적이었어요. '제주 해녀 항일운동' 이야기가 널리 널리 퍼지길 바라는 마음이에요.

이 글의 주인공 '고해인'은 해녀가 아니에요. '해녀 항일운동'을 가까이서 지켜본 하도리에 사는 아이지요. '해녀 항일운동'의 거대한 흐름에 조선의 아이로서 큰 역할을 했지요.

겉으로 드러나지는 않지만, 아이의 삶도 역사의 조각 퍼즐 안에 있다는 것을 보여주고 싶었어요.

2022. 가을 이현서.

《바람 타는 섬》현기영, 창비, 1989

《한국의 해녀》김영돈, 민속원, 1999

《제주해녀와 일본의 아마》좌혜경 외 9인, 민속원, 2006

《제주해녀의 생업과 문화》제주특별자치도 해녀박물관, 2009

《불턱의 꽃》이정자, 수필과비평사, 2017

〈제주해녀항쟁의 주도자 김옥련 할머니의 삶-인터뷰〉채록 허호
준(제주 4.3연구소 연구실장), 1995